おうちとごはんと愛をください

Tsukiko Yue

夕映月子

CHARADE BUNKO

Illustration

佐倉ハイジ

CONTENTS

おうちとごはんと愛をください

1

すいすいと泳ぐ鯉《こい》を見ていた。池のほとりの白梅がきよらかな香りをただよわせている、二月の末。

池は縁の下まで続いていて、ひんやりとした冷気がユキのいる縁側まで上がってきていた。

鯉たちは飽きもせず、ユキの足下へもぐり込んでは姿を現すを繰り返している。池の底が黒いのか、吸い込まれそうに黒い水面に、すんなりとした魚影の白と朱が、くっきりと浮かんでいた。

（……おいしそう）

——などと、一瞬でも考えたことを、ユキは恥じた。いくらおなかがすいているからって、それはない。

手にしたプラスチックのお椀《わん》から、エサを一摑《ひとつか》み。投げ込むと同時に、鯉たちがバシャバシャと先を争って口を開ける。優雅さをかなぐり捨てたその姿は、彼らも生きようと必死なのだと感じさせた。

もう一摑み、エサを投げる。ユキのおなかがぐぅと鳴る。自分も何か食べなくてはいけない。この体はひどく簡単におなかがすく。池の上でプラスチック椀をひっくり返し、残りのエサをばらまいて、ユキは立ち上がった。

――と、玄関のほうで小さな物音がした。ピクッとそちらへ全神経をかたむける。なんだろう。誰か、人が来たんだろうか。一時期人の出入りが多かったこの家も、最近やっと落ち着いたと思っていたのに。

反射的に裏口へ逃げようとしたユキの鼻を、ふとなつかしいにおいがくすぐった。人工的な香りに混じった、大好きなご主人様そっくりなにおい。つい足が止まってしまう。

「誰かいないのか？　邪魔するぞ」

響いた声に心が震えた。聞き慣れた声よりずっと若々しいけれど、声までご主人様そっくりだった。

（――逃げなきゃ）

わかっている。ご主人様のはずがない。ご主人様は帰ってこない。ご主人様と約束した。「ご主人様以外の人間には姿を見せない」。人が来たら全力で逃げる。それがユキのためだと、何度も何度も言い聞かせられた。ここにいたらダメだ。けど。でも。

動けない。立ち尽くしていると、玄関のほうから足音が近づいてきた。人間二人ぶん。

重さから察するに、たぶんどちらもオスだ。身をこわばらせ、全身の毛を逆立てる。

広縁の角を回ってきた足音が止まった。ユキを見て、驚いたように動きを止めた男と目が合った。

「――おまえ」

彼の声が鼓膜を震わせた瞬間、ユキの両目から涙があふれ出た。

(ご主人様)

豊かな黒髪も、皺《しわ》のない肌も、うろんげなものを見るような目つきも、ご主人様とは全然違う。それでも、似ていた。そっくりだった。まるで、ご主人様の時間を半分か、それ以下に巻き戻したかのように。

何かを考えるより先に体が動いた。駆け寄る。抱きつく。頬に頬を寄せ、首筋に鼻先を埋《うず》める。なつかしいにおいが濃くなった。涙が出る。

「やめろ。放せ」

ドンッと強い衝撃があり、ユキはよろめいた。力いっぱい振り払われたのだ。

(なんで?)

思わず見上げる。背の高い人だった。オスの気配の濃い、はっきりとした顔立ちとたくましい体つき。本当にご主人様そっくりだ。

「……ご主人様」

呟《つぶや》いたら、思いっきり舌打ちされた。警戒を宿していた目が、さらにけわしくなる。

「俺はおまえのご主人様じゃない」

「……うん」

わかっている。別の人だってことは。すごく似ているけど、別人だ。だけど、でも、じゃあ。

「誰？」

今度は大きなため息が降ってきた。

「おまえが『ユキ』か？」

突然名前を呼ばれた。その声に胸がきゅうっとなる。大好きな声に呼ばれる自分の名前。大好きな人がつけてくれた、大切な大切な名前。

「そうだよ」

こくりとうなずく。

彼は、眉間に皺を寄せ、頭のてっぺんからつま先までユキを視線で検分した。まるで、道端のゴミを見るみたいな目つきで。

「おまえは、いったい何者だ？　どこから来た？　じいさんとはどういう関係だったんだ」

詰問に視線を泳がせる。「じいさん」。

「それって、ご主人様のこと?」

「大義穣《おおよしみのる》だ。わかってるだろう」

イライラと返された。

大義穣——ユキの大事なご主人様の名前。じゃあ、この人は、ご主人様の孫なのか。

彼の剣幕にたじろぎながらも、ユキは答えた。

「おじいちゃんは、オレのご主人様だったよ」

彼の眉間に刻まれていた皺が深くなった。縦に三本、くっきり。

「けがらわしい」

舌打ちとともに吐き出された言葉は、真冬の池の水よりも冷たかった。

*

ユキがご主人様と出会ったのは、夏ミカンの花香る、暖かな五月の夜だった。

ユキの母親は、いわゆる「地域猫」だ。父親は知らない。会ったこともない。母に聞いても、「さあ、今頃どこにいるのかしらね」なんて反応しか返ってこなかったので、そういうものだと思っている。

初夏のその夜、ユキたち親子は引っ越しの真っ最中だった。住み慣れた小さな祠《ほこら》から、お屋敷の縁の下へ。

母に銜《くわ》えられ、小さなせせらぎを渡っていたときだった。先に小川の向こう岸へ運ばれていた妹が、小川の縁からずり落ちた。

母はちょうどユキを銜えて小川を渡っているところだったが、よほどあわてたのだろう。

「ああ、ダメ！」

叫んだときには、妹もユキも水の中だった。

初夏とはいえ、水浴びするには早すぎる時期だ。おまけに、浅い水底の石にしたたかに体を打ちつけて、妹もユキもミィミィ鳴いた。

「いたいよぅ。つめたいよぅ。さむいよぅ。おかあさぁん」

浅い小さな流れだけれど、生まれて二ヶ月にもならない子猫の体には大きな川のようなものだ。必死で足を踏ん張るけれど、みるみる手足がかじかんで、寒くてたまらなくなってきた。ユキの横で、ひときわ小さな体の妹が、今にも押し流されそうになっている。

「おかあさぁん。おにいちゃぁん。たすけてぇ！」

「待ってて、すぐ行く！」

母が水に飛び込んだ。水を掻《か》き分け、妹のところへ進んでいく。よかった。流されずにすみそう――。

そう思った瞬間、ユキの足下がずるっとすべった。

「わぁ！」

「おにいちゃん！」

一度バランスをくずすと止まらない。ずるずると水の中を流れていく。寒い、寒い、寒い。踏ん張ろうとした足が、水底の石に当たって痛かった。

もうダメかもと思ったときだった。

「おやおや。なんの騒ぎかと思ったら」

聞き慣れない声がして、大きな影が頭上をよぎった。

五本の枝のようなものが――今思えば、あれはご主人様の手だったのだけど――伸びてきて、ユキを水の中から摑み上げた。

（何？）

何が起こったのかわからなかった。

大きい。温かい。でも、怖い。

びっくりして、ユキは硬直した。「おかあさん」と呼ぶ声も、ついでに涙も引っ込んだ。

今まで遠くからちらっとしか見たことがなかったけれど、目の前にいる、自分を摑み上げているものが、「にんげん」と呼んでいるものだということはわかった。猫にとっていいものと悪いものがいるけれど、区別は難しいから、なるべくそばに近づかないこと。捕まらないこと。それが、地域猫の母親が「にんげん」について、ユキたちに教えたことだった。

「おかあさん、おかあさん、おかあさん、どうしよう！」

どうしよう、捕まってしまった。

すごく、すごく怖かった。初めて間近に見る人間は、顔や手に毛がなくて、目玉がぎょろぎょろしていて、口が大きい。ユキなんて、二口くらいで食べられてしまいそうだ。人間って、猫、食べるんだっけ？

ユキは心底震え上がった。身震いするようすを見て、その人間は気の毒そうに眉を寄せた。

「こりゃまた小さい子だなぁ」

あたたかい、ふわふわしたものにユキをくるんで、大事そうに抱える。その声と手と、ふんわり体を包むものが、あんまり心地よかったから、ユキの震えは小さくなった。寒くて寒くて震えを止めることはできなかったけれど、怖くはなくなった。

「そっちはお母さんときょうだいか。ほら、おいで」

人間の手が母と妹に伸びる。母は毛を逆立てて牙を剥《む》いた。それでもひるまない人間の手に一歩、二歩と後ずさり、触られるギリギリのところで、岸に残されていたきょうだいたちのところへ飛びすさった。

人間は、母を横目に、「おまえはけがはないのかな」と言いながら、小さな妹を水の中からすくい上げた。

「おにいちゃぁん」

カタカタ震える小さな体。ふわふわの中ですり寄って体温を分け合う。

「寒いな。早くあったまろう」

人間はそう言って、ユキと妹を屋敷の中に連れて入った。

それが、ユキとご主人様との出会いだった。

ご主人様は、そのお屋敷に一人で住んでいた。ユキとおそろいの真っ白な髪に、皺深い顔。自分のことは、普段は「わし」と呼んでいるけれど、ユキやスミに向かっては、たまに「おじいちゃん」を自称している。

ご主人様は、白猫の自分に「ユキ」、黒猫の妹に「スミ」という名前をくれた。二匹の他にも、その家には、ゴールデン・レトリバーのおじいちゃん光圀《みつくに》と、三毛猫のお銀《ぎん》さん――おばさんだけど、けっして「おばさん」と呼んではならない――、ハチワレの忠相《ただすけ》おじさん、サバトラの次郎吉《じろきち》にいさんという先住人がいたけれど、みんないいひとたちだった。

光圀じいちゃんは、ユキとスミが寒くないよう、いつも抱っこしてくれた。お銀さんはごはんやトイレの世話を何くれとなく焼いてくれたし、忠相おじさんと次郎吉にいさんはいつも二匹と遊んでくれた。母や他のきょうだいたちは、エサをもらいに庭に来るだけで、家の中には入ってこなかったけれど、元気な姿を見られるだけでもうれしかった。ご主人様は、そんなみんなと二匹を見つめて目を細め、おいしいごはんをたくさんくれた。ユキはご主人様のあたたかく乾いた皺深い手で、耳の後ろを撫《な》でてもらうのが、何よりも好きだった。

一緒に暮らして一年半が過ぎた秋のある日。金木犀《きんもくせい》の香る庭で、外の仲間や鯉たちにごはんをあげていたときだった。ご主人様は、突然たくさんの血を吐いて倒れた。お手伝いさんも、お仕事の人もいなかった。

真っ赤な血が、咳《せ》き込《こ》むご主人様の口からごぼりとあふれ、パシャパシャとユキの白い毛を染めた。

「ご主人様！　ご主人様⁉」

崩れ落ちたご主人様の顔を、みんなで覗《のぞ》き込む。透きとおるほど青ざめた彼の口元を、禍々《まがまが》しい赤が汚していた。

「どうしよう、どうしたらいい？」

「誰か人間を呼んでこよう。わしらにはどうにもできない」

「でも、どうやって？」

みんな、しんと黙り込んだ。ご主人様のことは大好きで、とても大切に思っているのに、このままではどうしようもない。

「ご主人様、しっかりして！」

お銀おばさんがご主人様の鼻先を舐《な》めている。だけど、ご主人様からの反応はない。じわじわと、血の赤と焦燥だけが広がっていく。

（どうしよう。どうしよう。どうしよう）

じりじりとした地団駄踏みたいような焦りの中、ユキの脳裡《のうり》にひらめくものがあった。以前ご主人様と庭を散歩していたときに、教えてもらったことを思い出したのだ。

「ユキ⁉　どこ行くのユキ⁉」

突然身をひるがえして駆け出したユキの背中を、スミの声が追いかけてきた。

「祠の神様にお願いするんだ！」

答えて、一目散に駆けていく。

池の向こう岸。庭の隅に立つ、いっとう立派な椿《つばき》の下に、小さな石造りの祠があった。ご主人様が、毎日きれいにして、お米とお水をお供えしている祠。ユキやスミたちが生まれた場所だ。

「屋敷神様だよ」と、ご主人様は言っていた。

「やしきがみ？」

「この家や土地を守ってくれている神様さ。ずっとこの土地に住んできた、わしのご先祖様たちだな。何か困ったことがあったら、お願いしてみるといい。ここで生まれたおまえの願い事なら、かなえてくれるかもしれないよ」

神様がなんなのか、どんなものなのか、ユキにはわからない。だけど夢中だった。今以上に困ってお願いしたいときなんてない。

「神様。屋敷神様。お願いです。ご主人様を助けてください。オレにそのための力をください。お願いします。お願いします」

何度も何度も繰り返す。

反応がないことに焦《じ》れ、血で汚れた体で、祠の重い石扉を押したときだった。内側から光があふれ、「やれやれ」という声が聞こえた。ぼんやりと脳内に反響するような声音だが、不思議とうるさくは感じない。どこか、ご主人様に似ている気がした。

「誰？　屋敷神様？」

「おまえたちはそう呼んでいるようだな」

「神様。神様、お願いです。ご主人様を助けてください」

まばゆい光に向かい、ユキは必死でお願いした。

屋敷神様はゆったり答えた。

「それはできぬ。生きものの命の長さは、さだめられた運命だ」

「じゃあ！」と、ユキは急《せ》き込むように言葉をかぶせた。

「じゃあ、オレに人間の体をください！　ご主人様をあのままにしたくないんです！」

ふむ、と吟味する間を置いて、神様は「よかろう」と答えた。

「あの男は、日々この祠をきれいに保ち、米と水を供えてくれた」

「あ、ありがとうございます！」

「だが、おまえは人間でいればいるほど、猫としての摂理を失う。いつか猫に戻れなくなるかもしれんぞ。それでもいいのか？」

「かまいません。お願いします！」

神様は、再び「よかろう」と重々しく答えた。

「わたしの力が及ぶのは、この屋敷の土地の中だけだ。屋敷を出れば、おまえはただの猫だからな。くれぐれもそれを忘れぬように」

「わかりました！」

答えると、祠の光がパァッと一層強く輝いた。

閃光に目を瞑《つぶ》る。体中の血管を熱が走るような感覚があり、体がカッと熱くなった。浮遊感。熱はゆっくりと冷めていき、ユキはそうっと目を開いた。

祠の石扉は閉まっていた。

ふと視界に違和感を抱く。いつもよりずっと高い視線と広い視界。目に入ってくる体の一部――手が自分のものじゃない。

ユキは自分の両手をしげしげと見つめた。毛のない、つるつるの肌。五本の指。ご主人様と同じ、人間の手だ。

（人間だ！　人間になってる！）

気づくと同時に立ち上がった。視界がさらに高くなる。最初の一瞬こそバランスを取りかねてよろめいたが、支えた足は力強く大地を蹴った。動ける。走れる。ありがとう神様！

すぐにご主人様のところへ駆け戻った。ご主人様はまだ倒れたままだ。ご主人様を囲むみんなも。

「誰だ⁉」

「誰⁉」

みんなは毛を逆立てたが、ユキが「オレだよ！」と叫ぶと、今度はそろって目を丸くし、口をあんぐりと開けた。

「ユキ⁉」

「ユキなのか⁉」

「おにいちゃん⁉」

大騒ぎする皆を掻き分け、ご主人様に近づく。――よかった。まだ息をしている。あたたかい。

すぐに立ち上がり、門へと走った。いつもご主人様がしているように、潜り戸を開ける。

「誰か！」と叫んだ。通りかかった年配の女性がユキを見て、「きゃ！」と声を上げたが、かまってなどいられない。

「誰か来て！　ご主人様が死んじゃう‼」

――それからはもう、何もかもが一瞬だった。

ご主人様は、お隣のおじいちゃんが呼んでくれた救急車で病院に運ばれた。重い病気だったらしく、ご主人様はなかなか帰ってこなかった。

ユキは、ご主人様の代わりに、家族の皆や外の仲間たちにごはんをあげながら、ご主人様の帰りを待った。時々、お手伝いさんや、お仕事の人や、他の知らない人たちが、勝手に家に上がり込んできたけれど、そういうときは裏口から外へ逃げていた。神様がおっしゃったとおり、屋敷の敷地から一歩外へ出てしまえば、ユキの体は猫に戻った。人間がいなくなったら、また家に戻って人間の姿になる。

そんなふうにして、一月《ひとつき》を過ごした頃、ご主人様が帰ってきた。

「誰だ、おまえは」

門まで駆け出し、抱きついたユキに、ご主人様はびっくりしたようだった。

「ユキだよ！」

「ユキ……？」

「白猫のユキ！　庭の屋敷神様にお願いして、人間にしてもらったんだ！」

言いながら、ユキは門の外へ一歩出た。たちまち体が猫に変わる。ご主人様は目を丸くした。

「ほらね」

にゃぁん、と鳴いて、また門の内側に戻る。腰が伸び、手足が長くなり、体毛が薄くなる。

「わかった?」

首をかしげて見つめると、ご主人様は「ああ……」と感嘆のような、ため息のような声を漏らし、両手で顔を覆った。

「おまえだったんだな。わしが倒れたときに、助けを呼んでくれたのは……」

「うん。オレ、ご主人様を助けたかったから、一生懸命、屋敷神様にお願いしたんだ。ご主人様が帰ってきてくれてうれしいよ。うれしい。うれしい!」

再び抱きつく。

ご主人様は、今度はユキを抱き返し、「ありがとう」と何度も言ってくれた。何度も、何度も。

ご主人様からは複雑なにおいがした。大好きなご主人様のにおいに混ざって、ツンと鼻を抜けるような人工的なにおいと、それから病気のにおい。生きものの体を蝕《むしば》んでいく病魔のにおいだった。

それに、ユキは気づかないふりをした。

ちらちらと雪が舞う、とても、とても寒い夜だった。数日前、ご主人様は落ち葉の散り敷いた庭を眺めて、「もう秋も終わりだなぁ」と呟いていたけれど、その言葉どおり、まるで真冬のような寒さだった。

エアコンの小さな音が響いている。

ユキは、ぬくぬくとした布団に、ご主人様と二人でくるまっていた。ご主人様は、しわしわの乾いた手で、ゆっくり、ゆっくり、ユキの頭を撫でてくれている。

目を閉じ、その手に頭をすりつけた。猫のときも人間の姿でも、こうしているときがユキにとって一番しあわせなときだった。

ご主人様が、大きく咳き込む。その胸からは、ぜぇ、ひゅうと、木枯らしのような音がした。

「ユキ」

「なに？」

「絶対にわし以外の人間の前で、猫になったり人になったりしてはいけないよ。もし、おまえが化け猫だと知れたら、人間は何をするかわからないからね」

「うん」

ユキはこくりとうなずいた。

「それから、うちの子たちと、庭の子たちを、どうか守ってやってくれ」

「わかったよ」

ユキはもうひとつうなずいた。

目を閉じたご主人様は、とても穏やかな顔だった。それなのに、何か言わなくてはいけない気分に駆られる。

「だいじょうぶだよ、おじいちゃん。オレ、他の人の前には絶対に出ない。お母さんや、お姉ちゃんや、スミや、他の家族もオレが守るから、だいじょうぶだよ」

「いい子だ」

ご主人様は少し笑ったようだった。カサカサに乾いた唇から、ふっとやさしい息が漏れた。

「おまえや皆のことは、ちゃんとした人間に頼んである。あいつはいい子だから、おまえたちを見捨てることはないだろう。安心しなさい」

「うん。だいじょうぶ。だいじょうぶだよ」

何度も何度もうなずいた。

「ありがとう、ユキ」

ご主人様は、ずっとユキを撫でていてくれた。

とても寒い、静かな、静かな夜だった。

*

(この人が、ご主人様の言ってた「ちゃんとした人間」なのかな)

客間の座卓をはさんで、男二人と向き合いながら、ユキは彼らの顔をうかがい見た。

ご主人様とうり二つの孫が、「誉《ほまれ》さん」。その横の眼鏡《めがね》のおじさんが、「べんごし」の「沢村《さわむら》さん」。沢村さんのほうは一度だけ遠目に姿を見たことがあったけれど、誉さんのほうは初めて見る顔だ。

ご主人様が寄越してくれた人にしては、彼らの表情はけわしくて、肌がピリピリするような空気をまとっていた。心配した仲間たちが襖《ふすま》を開け、勝手にユキの後ろにつく。

誉はユキを睨《にら》みつけるようにして、「率直に言おう」と切り出した。

「金なら払う。この家から出て行ってくれ」

ユキはぱちぱちと瞬《まばた》きをした。

——お金をもらって、家から出て行く?

「いやだ」

答えたら、ビシィッと緊張が走った。思わず耳と尻尾《しっぽ》が飛び出しそうになる。とっさに両手で頭を押さえながら、上目遣いに彼を見た。

彼は苦いものを奥歯で嚙《か》みつぶしたような顔でたっぷり十秒は沈黙したあと、感情を押し殺した声でたずねた。

「なぜだ。金なら払うと言っているだろう」

「だって、おじいちゃん、オレにうちの子たちと外のみんなを守ってくれって言ってたもん。オレが出て行っちゃったら、みんなの住むところはどうするの？　誰がみんなにごはんをあげるの？」

「……ちょっと待て。誰と誰だって？」

「うちの子たちと、外のみんな」

「誰のことだ」

「だから、」と言いかけたところで、光圀がユキの右横まで進んできて座った。スミも反対側にすり寄ってくる。心強い。光圀の背を撫で、スミを抱き寄せて、ユキは続けた。

「光圀じいちゃんと、お銀さんと、忠相おじさんと、次郎吉にいさんと、スミと、鯉と、地域猫のみんな」

「なんだ、ペットか」

ハッと鼻で笑われた。

――ペット。

人間たちの一部が、自分たちをそう呼んでいるのは知っている。でも、それは人間の側の呼び方だ。

「みんな仲間だよ。ユキたちから見れば。家の中はみんな家族だ」

「甘ったれたことを言う」

見下している態度を隠さずに、……と、彼は言い放った。

「犬猫どもは保健所行きだ。言いたいところだが、俺にも立場がある。どこかもらってくれるところへやるさ」

――保健所！

ユキは目を見開いた。人間のつるつるした体でも、全身の毛穴が開いて産毛が逆立つのがわかる。光圀が低く唸《うな》り、スミはおびえたようにユキの陰に隠れた。

保健所がどういうところなのか、詳しくは知らない。でも、母から聞いたことはある。悪い人間に捕まると連れて行かれるおそろしいところ。そこへ行った仲間は誰一人戻ってこないのだそうだ。そんなところにみんなをやるなんて！

「絶対、いやだ！」

ユキは思わず立ち上がった。意図せず、爪がにゅっと伸びた。

「おじいちゃんは、オレとみんなと一緒にこの家で暮らすようにって言ったんだ！　オレはおじいちゃんとの約束を守る！」

「どこまでも図々しいやつだな」

誉もまた気色ばむ。

とりなすように、沢村が割って入った。

「まあまあ、誉さん。穣さんのご遺言もあることですし、ここはどうか穏便に」

その言葉の意味がわからず、ユキは首をかしげた。

「……おじいちゃんが、なんて？」

「穣さんは、誉さんにこの家と財産を遺《のこ》されました。ただし、あなたと犬猫たちをこのまま家に住まわせ、世話するようにという条件をつけられています」

沢村が落ち着いた声で説明してくれる。今度はちゃんと意味がわかった。

「やっぱり、オレたち、ここに住んでいいんだね？」

「穣さんのご遺言にしたがえば、そういうことになりますね」

ホッとした。うれしかった。ご主人様がいなくなってしまって、不安で、寂しくてたまらなかったけど、ご主人様は、約束どおり、ちゃんとユキたちが生きていけるように準備しておいてくれたのだ。

誉のことは、正直気に入らない。けど。

「……いいよ。じゃあ、一緒に住も？」

彼を見つめて提案したが、「誰が」と鼻で笑われた。

「俺にそのつもりはない」

にべもないとはこのことだ。ユキは困惑して誉を見た。

「でも、約束は守らないといけないんだよ」

「俺は約束した覚えはない」

「正式な遺言ではありますけどね」

なだめるように沢村が口をはさむ。

誉がいまいましげに舌打ちした。見た目はきちんとした大人なのに行儀が悪い。

「まったく、じいさんもおまえもどうかしているんじゃないか。赤の他人に家財をゆずった上に、愛人と一緒に住めだと？　そろって非常識もたいがいにしろ」

愛人ってなんだろう。わからないから、何をそんなに憎まれているのかも、ユキにはよくわからない。

「オレはご主人様が大好きだったし、ご主人様もオレのことかわいがってくれたよ。それって、そんなにいけないこと？」

「黙れ。聞きたくもない」

「……腹が立つのは、やきもちなんじゃない？」

「なんだと」

誉が一気に気色ばんだ。鋭い視線に、ざわっと全身の毛が逆立つ。猫耳が飛び出さないよう頭を押さえながら、ユキは「だって」と上目遣いに彼を見た。

「おじいちゃんは、寂しそうだったよ。家族は忙しくて、誰一人会いに来ないって……。あなたがオレをきらいなのは、オレがおじいちゃんのそばにいたからじゃないの」

「うるさい、黙れ！」

彼の拳が、ガンッと座卓の盤面に打ちつけられる。ユキはビクゥッと、正座のまま飛び上がった。怖い。気持ちがしおしおとしぼんでいく。

「……おじいちゃんは、『ちゃんとした人に頼んである』って言ってたのに……」

てっきり、ご主人様のようにやさしい人が来てくれると思っていたのに。ご主人様はいなくなってしまったけれど、これからもみんなでしあわせに暮らしていけると信じていたのに。ご主人様そっくりの彼が来てくれて、うれしかったのに――。

（ご主人様）

思い出したら涙がにじんだ。

人間も、動物も、生まれたらいつかは死ぬ。お別れは避けられない。だけど、恋しい。寂しい。かなしい。

ぽろっとこぼれたユキの涙にも、誉は冷淡だった。

「見舞いにも葬式にも来なかったくせに今更だな」

「……それは……」

それは、ユキが屋敷の外では人間の姿でいられないから。ご主人様と、他の人間の前には絶対に出ないと約束したからなのだけど。

――絶対にわし以外の人間の前で、猫になったり人になったりしてはいけないよ。もし、おまえが化け猫だと知れたら、人間は何をするかわからないからね。

ご主人様が言ったことは本当だったのだと思った。仲間たちを保健所に送ろうとする人に化け猫だなんて知られたらどうなるのか、想像もつかない。

きゅっと唇を噛んで黙り込んだユキに、誉はたたみかけた。

「もう一度言うぞ。相応の金は払う。今すぐ出て行け」

「いやだね」

腹に力を込めて、ユキは誉を睨んだ。

ご主人様には申し訳ないけど、この人はきらいだ。

「オレはみんなとここに住むんだ」

視線が真っ向からぶつかり合う。

沢村が、「まあまあ、どうか穏便に」と口をはさんだ。

2

細い雨が音もなく庭の沈丁花《ぢんちょうげ》を濡《ぬ》らしている。

この花がユキは好きだった。二めぐり前の春、生まれたばかりのスミや自分やきょうだいたちを、母親のぬくもりとともに包み込んでいた香り。ひとつ前の春には、ご主人様と一緒に嗅いだ。甘くてやさしくて、心の奥がうるむような香りだった。

四個のお皿にキャットフードを、一回り大きなお皿にドッグフードを入れる。カラカラというペレットの音を聞きつけて、みんなが周りに寄ってきた。

「はい、どうぞ。ごはんだよ」

「えー、またカリカリだけ？　わたし、お魚が食べたいなー」

不満を口にするスミを、「わがまま言わない」と叱る。

「じゃあ、せめてやわらかいごはんとか……」

「もうこれしか残ってないんだ。あるだけましだと思いなよ」

「わかりましたよーだ」

二人の会話を聞いていた光圀が、鼻先をユキの頬に押しつける。

「ユキ。いつもありがとう」

「うん。食べてね」

言う前から、お銀さんと次郎吉にいさんとスミは、脇目もふらずエサ皿に顔を突っ込んでいる。

みんなが食べる姿を見ていたら、おなかがせつない音を立てた。ふしぎなもので、人間の体でいるときは、キャットフードが食べたいとは思わない。だが、おなかは減る。しかも、猫でいるときの何倍も早く空腹になる。

無意識に腹の上を撫でていると、光圀が顔を上げ、気遣わしげにこちらを見た。

「ユキ。おまえも食べておいで。その体は大きい。腹も減るだろう」

「うん……でも、明るいうちはやめとくよ。誰に見つかるかわからないし。……それに、ごはん、もうあまり残ってないんだ」

ご主人様が買いだめておいてくれたごはんも残りわずかだ。ユキは買い物には行けない。かといって、家にいながら買い物をするのは無理だ。インターネットとかいう便利なものがあるのは知っているけれど、ユキにはどうやったらいいのかわからない。

「どうしたらいいんだろう。おじいちゃんは、きっと、あの誉って人が買ってきてくれると思ってたんだろうね」

そんな親切な人とは思えなかったけれど、とため息をつく。

怖かった。冷たそうな人だった。がっかりした。でも、あの人に助けてもらえなかったら、自分たちは飢え死にするしかないのだ。人間の姿になったものの、無力な自分にはため息しか出ない。

「外のみんなにも、ごはんあげてくる」

悩みを振り切るように立ち上がり、庭にしつらえられたエサ場にごはんを入れる。ガツガツ食べる猫たちをぼんやりと見ていると、ぴんぽん、と、インターフォンが鳴った。

「……誰だろ」

誉のにおいに引き寄せられ、彼の前に出てしまったのは苦い記憶だ。もう二度と人間の前には出ない――と言いたいところだけれど、現実的な問題として、食べるものがないのは困る。ユキだけでなく、家族のみんなも、外の仲間たちも、みんな困る。

「光圀じいちゃん、誰だかわかる?」

屋敷に駆け戻ってたずねると、くんくんと鼻を鳴らした光圀が、「あの男だな」と答えた。

「誉さん?」

「あいつと一緒に来ていた、もう一人の眼鏡の男のほうだ」

「『べんごし』さんか」

よかった。あの人ならまだ話が通じそうだ。

「会うのか」

心配そうな光圀に、ユキはうなずいた。

「みんなのごはんのこと、お願いしなきゃ」

身だしなみを整え、玄関へ向かう。

「ユキさん、こんにちは。弁護士の沢村です」

やわらかな物腰の男に、ユキはおずおずとお辞儀をした。

「こんにちは」

「急に申し訳ありません。今日は諸々のご相談に上がらせていただきました。上げていただいてもよろしいですか？」

「あ、はい。どうぞ」

先日と同じ客間へ通す。ユキの後ろについて廊下を歩きながら、彼は「生活はどうですか」と穏やかに切り出した。

「何かお困りのことはないですか？」

「あっ。あるよ！」

「わたしで力になれることでしたら、うかがいますが」

「ごはんがほしい！」

振り向いて力説すると、彼は目を丸くした。視線がユキの頭の先から足の先まで往復する。感情の読めない笑顔でたずねられた。

「じゃあ、どこかに食べに出かけましょうか」

「あっ……いや、そうじゃなくて、」とユキはあわてた。おいしい人間のごはんは魅力的だが、屋敷の敷地からは出られない。それに、もっと大事なことがある。

「オレがほしいのは、みんなのごはんだよ。ドッグフードと、キャットフードと、鯉のエサ」

「なるほど、ペットフードですか。今まではどうされていたんです？」

「おじいちゃんがたくさん買ってくれていたのを、少しずつ食べてた。けど、もう残りも少なくて……」

話しながら、客間の座卓に向かい合って座る。

沢村は「わかりました」とうなずいた。

「穣さんの遺言が保留されている今、あなたやペットたちの食料をどうするかは微妙な問題です。が、一度、誉さんに話してみましょう」

「よかった、ありがとう！」

にっこりする。

沢村は何か言いたそうに口を開きかけ、少し迷うようなそぶりを見せて言った。

「ユキさんは、やさしい方ですね」

彼の視線は、ユキを守るように近寄ってきた光圀とスミに注がれている。光圀の背を撫でながら、ユキは首をかしげた。

「そうかな？　よくわかんない」

「今だって、ご自分のことよりも、犬や猫たちのことを考えているじゃありませんか」

「うーん」とユキはさらに首をひねった。

「それは、当たり前だよ。みんな、おじいちゃんとオレの家族で仲間だから」

「……そうですね。だから、穣さんもユキさんに家やお金を遺したいとお考えになったのかもしれませんね」

穏やかな口調にホッとする。その気持ちの隙間に入り込むように、沢村はたずねた。

「やはり、ユキさんのご希望としては、ここに住み続けたいというお気持ちにお変わりはございませんか？」

「うん」と、沢村の目を見てうなずいた。

「ここで、みんなと一緒に暮らしたい。ごはんさえくれたら、あとは放っといてくれたらいいから」

ユキの言葉に、彼は「そうですねぇ」と眉尻を下げた。

「そのためには、誉さんと一緒に住まなければならないというのが穣さんの遺した条件ですが、その点はいかがお考えですか？」

「誉さんと……」

——あの怖い人と？

座卓に視線を落とし、考える。

彼は、家族や外猫のみんなを保健所に送ると言った。すぐに否定してはいたけれど、本音ではそうしたいくらい、みんなが邪魔だということだろう。そんな人と一緒に暮らせるだろうか。あれほどユキたちをきらっている人と……？

無理に思えた。だけど、そうしなければこの家に住めないというのなら、しかたがない。

ご主人様がそう願っていたというのなら。

「……スミたちを保健所にやらないって約束してくれるなら……」

ユキの言葉に、沢村は苦笑を浮かべた。

「いくらなんでも、そんなことはなさらないと思いますよ。誉さんにも、ベストパートナーの社長令息というお立場がありますから」

「ベストパートナー？　の、しゃちょうれいそく？」

再び首をかしげると、彼は「ご存じじゃなかったんですか？」と驚いたように眼鏡の奥の目を細めた。

「ベストパートナーは、穣さんが興されたペット用品とペットフードの製造販売会社です。

今は穣さんの息子さん……誉さんのお父様がお継ぎになっておられます」

「ふぅん」

沢村の言葉は、ユキの右耳から左耳へと抜けていった。人間の世界の仕組みはよくわからない。でも、この雰囲気だと、ご主人様とその息子、その孫の誉は、なんとなく偉い人らしい。たぶん。

ユキの反応になんだか不安そうな顔を見せながら、沢村が続けた。

「そういう立場がおありですから、まかり間違っても、誉さんが犬猫を保健所に送られるということはないと思いますよ」

「……そうなんだ」

そういうことなら、大丈夫なんじゃないだろうか。

「じゃあ、オレは一緒に住んでもいいよ」

ユキが言うと、沢村はまたやんわりと眉尻を下げた。

「そのことについてですが、ユキさんのご家族はどうお考えなんでしょうか?」

「家族?」

「お父様やお母様、ご兄弟たちです」

そう言われて、ユキは困った。父はいない。母親とも最近はほとんど話さない。思わずスミの顔を見る。スミはユキの顔を見上げて、なぁん、と鳴いた。「好きにしなよ」。

「……お父さんは、わかんない。会ったこともないから、確かめようがないんだ。お母さんは、オレにはほとんど興味ないから……たぶん、好きなようにしなさいって言うと思う。妹は、オレの思うようにしたらいいよって言ってる」

「……そうですか」

沢村は、やや厳しい顔になった。

「失礼ですが、ユキさん、ご本名は？　ご出身はどちらなんでしょうか。住民票は現在こちらの家にはなっていないようですが」

「……生まれたのはこの町だけど、じゅうみんひょう？　はわかんない」

「ご家族は？　直接わたしがお会いしておたずねするのは難しいですか」

「うん。ていうか、無理だよ」

今だって、スミなら目の前にいるけれど、人間と猫だ。本来、話が通じる相手じゃない。今、ユキと沢村がしゃべっているほうがおかしいのだ。

「いろいろおたずねして申し訳ありませんが」と、彼がさらに厳しい声を出した。

「ユキさんの国籍はどちらなんですか？　まさか、不法滞在ではありませんよね？」

「……わかんない」

わからないけれど、今とても大事な話をされているのだということ、自分はとても警戒されているのだということは、彼の雰囲気と表情と声からわかった。でも、答えようがない。「こくせき」って、「ふほうたいざい」って何？

黙ってうつむく。沢村は肩を上げ下げして大きなため息をついた。

「今日は誉さんの代理としてうかがったのですが、誉さんは、やはり、あなた方にはこの家を出て行っていただきたいとお考えです」

「いやだ」

「もちろん相応のお金はお渡しします。具体的な金額については、ご相談させて」

「いやだってば！」

言葉に言葉を重ねて突っぱねた。

「どうして、そんなに出て行けって言うの？　おじいちゃんは、住んでていいって言ってくれたよ。誉さんにも、沢村さんにもそう言ってるんだよね？」

「ですが、誉さんは同意なさっていません」

「じゃあ、誉さんに頼む！」

彼はため息をつき、座卓に身を乗り出しているユキを見つめた。

「では、それほどまでにこの家を出て行きたくない理由をうかがってもよろしいですか？」

「……だって、おじいちゃんとの思い出の家だもの」

ご主人様に拾ってもらって、子供時代を一緒に暮らした。この家には、あたたかな思い出がそこかしこに散らばっている。

「それに、みんなと離ればなれになるのはいやだ」

「信頼できる里親さんに引き取っていただけても、ということですか？」

「……だって、本当に、家族なんだ。家族は一緒にいるものでしょう？」

ユキの質問に答えはなく、部屋には沈黙が横たわった。

「とにかく、オレはここに住みたい。誉さんが一緒に住むんならそれでいいから、みんなとここに住みたいの」

ユキが言いつのると、沢村は頭が痛むような顔をした。幼子に噛んで含めるように言う。

「もし、誉さんと相続を争われることになれば、おそらく実の息子で法定相続人である茂《しげる》さんも関係してくることになります。実のお子さんやお孫さんである茂さん、誉さんと、赤の他人で戸籍も住民票もあやふやなあなたとでは、正直、あなたが相当不利になりますよ」

「……よくわかんない」

「このままご自分のご意見を通そうとするなら、最悪、お金も住む家ももらえないかもしれないということです。だったら、誉さんと話し合って、相応のお金を受け取って出て行くのが、あなたのためにもいいんじゃないですか」

「……そんな……」

ユキは唇を噛んでうつむいた。

どうしたらいいかわからなかった。

ご主人様に助けられ、家族になって、人間はいいものだと信じ込んでいた。だけど、こんなに意地悪な人もいるのだ。

(どうしよう、おじいちゃん)

心の中で、ご主人様を呼んだ。

そうすることしかできなかった。


その夜、ユキは家族のみんなに、沢村の言っていたことを話した。

「……っていうわけで、誉さんと一緒にここに住めるのが一番なんだけど、あの人がいやがってるから難しいかも……。最悪、みんなでここを追い出されそうなんだけど、困るよね。どうしたらいいんだろ?」

「ふぅむ」と光圀じいちゃんが難しい顔で唸った。

「勝手にここにいればいいわよ」と言ったのはお銀さんで、「賛成」と同意したのは次郎吉にいさん。

「あいつらも勝手にここに出入りしてるんだから、おあいこだろ」

「そうよね」とスミもうなずく。

だが、頭のいい忠相おじさんは、やっぱり難しい顔で光圀じいちゃんを見た。

「俺たち猫の道理ではそのとおりだが、犬としてはどう思いますか？」

「正直、難しいだろうな。わしらはともかく、ユキはとくに難しい」

「ですよね」

「だよね。オレもそう思う」

ユキもそろってため息をつく。結局、結論は出なかった。

誉が再びやってきたのは、沢村が来た日から二回、太陽が上って下りてからだった。

インターフォンも鳴らさず、ずかずかと踏み込んできた誉に、ユキもみんなも毛を逆立てる。気性の荒い次郎吉は爪も歯も隠さず威嚇していた。

廊下をふさぐように並んでいる一同を、彼は不機嫌な顔で睥睨《へいげい》し、フンと鼻を鳴らした。

「雁首《がんくび》そろえてなんのつもりだ」

「それはこっちの台詞《せりふ》だよ。何しに来たの」

「おまえらを追い出しに来た」

「いやだね！　とっとと帰れ、バーカ！」

ユキの悪態に、誉が顔を引きつらせる。

「いいのか？　ご所望のエサを持ってきてやったんだぞ」

「えっ、ほんと⁉」

思わず大きな声を上げてしまった。ユキは駆け寄り、彼が手に提げていた特大のビニール袋を覗き込んだ。

「わ、ほんとだ！　ありがとう！」

誉を見上げ、にっこりと笑う。

彼は一瞬あっけにとられ、それからぎゅっと眉を寄せた。呟くように言う。

「なんだ、そんなに足りなかったのか」

「うんうん。今朝《けさ》でほんとに全部なくなっちゃって困ってたんだよ～。足らなくって、外のみんなと分けたんだけど……みんな、今ごはんの時間じゃないけど、ちょっと食べる？」

ユキの質問に光圀が、ワン！　と答える。

「わかった。ちょっと待ってね」

誉から袋をひったくるように受け取り、光圀の皿にはドッグフード、猫たちの皿にはキャットフードを出してやった。

「ちょっと外行ってくる！」

庭に駆け出し、外の仲間たち用のエサ場にキャットフードを開ける。柘植《つげ》の茂みから顔を覗かせた母親に、「いっぱい食べてね」と声をかけた。

ユキが庭から戻ってくると、誉は縁側に腰を下ろしていた。庭の猫たちを眺めながら、ユキに向かって言うでもなく呟く。

「犬はともかく、猫は一袋じゃすぐなくなるな」

「うん。でも、助かった。ありがとう」

「……宅配を手配しよう。受け取りに出るんだぞ」

言われている意味があまりよくわからなかったので、ユキは小さく首をかしげた。

「それって、もっとごはんをくれるってこと？」

「そうだ」と、彼がため息まじりの返事をする。

ユキは思わず満面の笑顔になった。

「ありがとう！」

ちゃんとお礼を言ったのに、彼は逆にいやそうに眉を寄せる。

「勘違いするなよ。あいつらにここで飢え死にされちゃ俺や会社が困るというだけだ。ペット用品会社の外聞に関わる」

「うん。でも、うれしいよ。ありがとう」

ニコニコするユキの体に視線をすべらせ、誉はまたため息まじりに言った。

「犬猫のことより、おまえはどうなんだ」

「オレ？」と、首をかしげる。彼の視線を追って、手足を眺めた。つるつるの、ほとんど毛のない、人間の手足。ご主人様や誉たちと違い、うぶ毛も他の毛も白っぽい金色だから、余計に目立たない。

「そんなガリガリに瘦《や》せて……このあいだも同じ服を着ていたな。飯はちゃんと食べてるのか」

「オレのことまで心配してくれるの」

意外すぎてびっくりした。その反応に、誉がきらいな食べものを無理矢理食べさせられたみたいな顔になる。

「言っておくが、おまえのためじゃない。ただ、うちにも体面というものはある。先代の愛人を飢え死にさせるわけにはいかない」

誉が何やら言っているが、よくわからない。わからないけど、誉がユキの食事の心配をしてくれているということは確かだった。

なつかしい感じに、胸がほこほこした。ご主人様と一緒にいるときはよく感じた、やさしい人間特有のあたたかさに、ちょっとだけ触れた気がした。本当に、ほんのちょっとだけど。

ふっくらした気分になり、「大丈夫だよ」とほほ笑んだ。

この姿でキャットフードは食べられないし、猫の姿に戻って食べようにも、屋敷の周りが無人になる時間はあまりない。でも、気をつけて、屋敷の外にフードを出して、周りを見回して、猫に戻って。

「時々食べてる」

それを聞くと、誉はため息をつき、ポケットから薄い四角の機械を取り出した。知っている。人間が、「スマートフォン」と呼んでいる機械だ。彼はその画面を触り、それに向かって何かしゃべっている。

彼が会話を終え、スマートフォンをしまうのを待って、たずねた。

「何？」

「飯だ。配達が来るから受け取って、あとで食え」

「え、いいの⁉」

思わず飛び上がった。信じられない。ごはんだ。人間のごはん！　ご主人様が亡くなるちょっと前から、長いこと口にしていなかった。

「うれしい！」

飛びつこうとする。と、全力で押し戻された。

「やめろ」

本気でいやがっている態度と表情にかなしくなる。初めて会ったときからきらわれているのはわかっていたが、顔も声もご主人様によく似たこの人を、ユキはどうしても心底きらいにはなれなかった。

抱きつくのはダメらしいけれど。

「……ありがとう」

おずおずと見上げると、彼は小さく目を瞠《みは》り、次の瞬間には、そんな自分に驚いたように顔をそむける。右手で顔を覆って、深いため息をついた。

「おまえに礼を言われる筋合いはない」

「そうかな？　うれしいことをしてもらったら、誰でも『ありがとう』って言うでしょう。それくらい、猫だって知ってる」

「たかが飯くらいで……。おまえにとって、俺はうれしくない存在だろうが」

「どういうこと？」

首をかしげた。

「沢村さんに、この家を出て行くつもりはない、俺と住むと言ったそうだな」

沢村。

（あ、あの「べんごし」さん）

「うん」と、うなずいた。誉の横の縁側の端に、人一人ぶん開けて腰掛ける。彼を見上げ、提案した。

「ねえ、おじいちゃんはそうしろって言ってたんだから、そうしたらどうかな？」

「冗談だろう」

「本気だよ。ここに住めるなら、オレはあなたといてもいい」

「何様のつもりだ」

誉は不愉快そうに言葉を投げ捨てた。

「おまえが絶対にここをゆずらないと言うなら、俺は相続を放棄するぞ」

「そうぞくをほうき？」

「……おまえと一緒にここに住めという、じいさんとの約束をなかったことにするということだ」

「……そんなことができるの？」

「ああ」

ユキに難しい人間のルールはわからない。だけど、この人ができると言うならできるんだろう。

「そしたら、オレたちはここを出て行かなきゃいけない？」

「ああ。この家と金は法定相続人で分配することになるからな。そうなったら、おまえは赤の他人だ。取り分はない」

「……そうなんだ……」

そうなったら、いよいよ自分たちは追い出されるのだ。ご主人様と暮らした、この家から。

鼻の奥がつんと痛む。ユキは唇をへの字に曲げ、眉間に力を込めた。そうしないと、泣いてしまいそうだった。

左頬に視線を感じる。振り向くと、誉は一瞬ユキを見つめ、顔をしかめた。

「そんな顔をするのはやめろ」

「だって、かなしいもん」

かなしいと涙は出る。そういうものだと、ご主人様が教えてくれた。

誉は大きなため息をつき、ぐしゃぐしゃと髪を掻き混ぜた。

「だから、さっさと金を受け取って出て行くように言ったんだ。今からでも遅くない。そうするほうがおまえのためだぞ」

「……そうなのかな……」

そうなのかもしれない。この人は、本当にユキのために言ってくれているのかもしれない。一瞬そんな考えが頭をよぎった。

きらわれているのはわかっていた。冷たい人だとも思う。でも、心のどこかで、この人を信じたいと思っていた。ご主人様によく似た彼に、ご主人様を重ねて見ている。そんな自分に、ユキは気がついている。

「でも、おじいちゃんと暮らした家だよ」

「じいさんの身の上につけ込んで、上がり込んでいただけだろうが」

「そうかもしれないけど……。オレがここを出ていったら、みんな、住むところや食べるものがなくなっちゃう」

「犬猫のことか?」

「うん。あと、鯉も」

誉はフンと鼻を鳴らした。

「このあいだも同じことを言っていたな。ジジイの愛人なんかやっていたくせに、大金よりも犬猫の心配か? それともそういう演技なのか?」

「……あなたにとっては変に思えるのかもしれないけど、オレにとっては、みんな、本当に家族で、仲間だから、一緒にいたいだけなんだよ。本当に」

真剣に言ったけれど、彼は取り合ってくれなかった。

うららかな春の日差しが降り注ぐ。庭の池の向こう側に、古い木がピンク色の花をいっぱいにつけていた。「さくら」というのだと、ひとつ前の春、ご主人様に教えてもらった。ご主人様の好きな花だった。

庭のエサ場に集まっている猫たちを眺めて、誉がぼそりと口を開く。

「……多いな。いったい何匹いるんだ」

「犬は光圀じいちゃんだけだけど、猫は家の中にご、……四匹と、外にいっぱい。いつもいるのは、そこのお母さんときょうだい三匹かな。ここに来る子はみんな『ひにんしゅじゆつ』をしてるよ」

ユキの言葉に、誉は「当たり前だ」と不機嫌そうに答えた。それから、独り言のように言う。

「よくもこれだけ集めたもんだ」

「寂しかったんだと思う」

ユキが言うと、誉がふとこちらを向いた。怒っているような、何か真実を探ろうとするような視線がユキを射貫く。

彼は慎重な口調でたずねた。

「このあいだも言っていたな、じいさんが寂しかったって」

「寂しがりだったよ」

「あの頑固な傲慢《ごうまん》ジジイがか?」

信じられない、という口調だ。なぜそんなに疑うんだろう。ユキは「うん」とうなずいた。

「理由は話してくれなかったけど、おじいちゃん、一緒に住んでいる家族はいなくて、友達もあまり多くはなくて。光圀じいちゃん……あそこで寝ている犬が話し相手だった。家にはお銀さんも、忠相おじさんも、次郎吉にいさんも……猫のことだけど。三匹もいたけど、猫だからね。三匹とも自由だし、甘えてくれるのはオレとスミだけだって、おじいちゃん、いつも言ってた。オレやスミを撫でるのが好きでね、時々一緒の布団で寝たよ。すごくあったかかった……」

思い出したら、ユキまで寂しくなってきた。ご主人様のぬくもりが恋しい。あの枯れた声で「ユキ」と呼んで、乾いた手で撫でてほしい……。

ぽとりと涙が膝に落ちる。寂しさを分け合うようにすり寄ってきたスミがあたたかかった。ご主人様ともそうだった。寂しくてやさしい人と寄り添って過ごしたあたたかな記憶が、波のようによみがえる。スミの、夜空のような背を撫でながら、ユキはほとほとと涙をこぼした。

誉が苦りきった声で言う。

「泣くんじゃない。おまえの仕事は人を楽しませることだろうが」

「……？　オレの仕事は、寝ることと、遊ぶことと、撫でてもらうことだけだよ」

「正気じゃないな」

嫌悪感もあらわに吐き捨てられた。

「そうやって老い先短い独居老人の孤独につけ込み、家に上がり込んだのか」

「違うよ。おじいちゃんが突然血を吐いて倒れたから……助けたくて、必死だったんだ」

そう言うと、誉はかすかに眉を寄せ、「あのときからか」と呟いた。

「おじいちゃんのことは、もうちょっと前から知ってたけどね」

スミの背を撫でながら続ける。

「この子がスミ。生まれてすぐ、池の向こうの小川に落っこちてたのを、おじいちゃんが拾って育ててくれたんだ。オレは、……一緒に川に落ちてたきょうだいは白猫でね。おじいちゃんが、『雪と墨だな』って、名前をくれた」

「白猫のユキに黒猫のスミか。安直だな」

皮肉な口調だったけれど、こんな話題に反応があったことが意外で、ユキはつい彼を見た。

「なんだ」

「……ううん」

交わった視線を庭へとそらす。

日だまりに光圀が寝そべっていた。寝ているように見えるが、耳はこちらを向いているし、尻尾の先が時折揺れる。自分たちの会話を聞いているのだとわかった。

「光圀じいちゃんは、昔、盲導犬っていうのをやっていたんだって。人間の目の代わりをするすごい犬なんだけど、年だから足腰が弱って、それで、おじいちゃんの家に来たんだ。毎日外まで散歩に行かなくても許してくれるから助かるって、おじいちゃんは言ってた。おじいちゃん同士、わかり合ってる感じがした」

ユキの言葉に、誉は皮肉っぽく唇をゆがめた。

「偏屈なじいさんだったからな。人間相手より犬猫相手のほうが、まだ気が楽だったんじゃないか」

「そんなことない。ご主人様はとってもやさしかったよ」

むきになって言い返す。そんなユキをちらりと見て、誉はまた庭に視線を投げた。

「……ユキとスミがこのうちに住むようになって、一緒にいた、お母さん猫や他のきょうだい猫もこの庭に来るようになった。ごはんをもらえるって聞いて、他の子たちもやってきた。おじいちゃんは、毎日ニコニコしながらごはんをあげてた」

「今時はそういうのも迷惑だと言われがちだがな」

「迷惑？　猫にエサをあげるのが？」

「地域猫をよく思わないやつらもいるってことだ」

「なんで？」

「さあな」

答えをはぐらかしたのか、そうでなければ答えるのが面倒だったのかと思ったけれど、ちらりと見た誉の横顔は、思いのほか真剣だった。

そろそろと口を開く。

「……人間は、オレ……ああいう猫を『地域猫』とか『捨て猫』とか呼ぶけどさ、猫をそういうふうにしちゃうのも人間だろ？」

「……ああ」

「お母さんは、もともと人間と暮らしてたんだって。でも、お世話をしてくれていた人がある日突然いなくなっちゃって、しかたがないから捨て猫になったって言ってた。スミたちがおじいちゃんに助けてもらったちょっとあとに庭で捕まって、手術を受けて、地域猫になったんだ。それって、お母さんは悪くないよね」

「……確かにな」

同意されてびっくりする。話したいから話したけど、どうせ「甘えるな」とか、「それがどうした」とかいう反応だろうと思っていた。

思わず彼の横顔を見つめる。やや骨張った顎のラインに、高い鼻梁《びりょう》。横顔も、本当にご主人様によく似ている。

「どうした」

居心地悪そうにきかれてハッとした。「ううん」と首を横に振る。

思い直して、口を開いた。

「……あなたは、犬も猫もきらいなのかと思ってた」

彼は目を瞠り、動きを止めた。

呼吸も、鼓動まで止まったのではないかと錯覚する一瞬。

それから、おかしげに鼻で笑った。

「俺が？」

「だって、初めて会ったときは、みんなを保健所にやるって言ったじゃん」

「そうじゃない。おまえには、俺が、犬猫を好きそうに見えるって言うのか？」

皮肉げな口調は、否定してほしそうに聞こえた。でも、ユキは首を縦に振った。

「オ、……犬猫が本当にきらいな人って、たぶん、さっきみたいなオレの話は聞いてくれないよ。それに、ごはんなんか絶対くれない」

「食い物につられて本質を……大事なことを見誤るなよ」

「うん」

「……俺が、本当に、あいつらを保健所にやるとは思わないのか」

もう一度うなずいた。

「あなたは、しない」

「……」

誉はしばらく黙っていたが、やがてふっと息をついた。これまでのように鼻で笑うようなそれではなく、心の中の小さな本音をそっと吐き出すような吐息だった。

ユキもほっと息を吐く。

怖い、冷たい人だと思っていた。でも、やっぱり、ご主人様によく似ている。姿かたちだけでなく、中身も。

「……前にも言ったけど、おじいちゃん、自分が死んでもみんなが困らないようにしてやるって、ちゃんとした人間に頼んであるから心配するなって、オレに言ったんだ。あなたに最初に会ったときは、おじいちゃんの嘘《うそ》つきって思ったけど……たぶんオレがいなくても、あなたはこの子たちにひどいことはしなかったよね」

「……」

誉は今度も何も言わなかった。黙って、庭の犬猫たちを見つめている。何を考えているのかはわからない。けれども、何かを考えているように見える顔。

スミがユキの膝から立ち上がり、ひょいっと彼の膝に乗った。

「スミ」

ユキはあわてたが、もともと大胆なところのある妹だ。ふいを突かれて驚く誉に、「なぁん」と甘えた声で呼びかける。

「……撫でてって」

ユキが言うと、彼は小さく眉を寄せた。追い払うのかと思ったけれど、違った。大きな手で、スミの耳裏にそっと触れる。スミが頭をすり寄せると、かりかりと耳裏から後頭部にかけてを小さく撫でた。

スミがめちゃくちゃ甘えた声で、「うなぁん」と鳴く。語尾に♡マークがついていそうな、「気持ちいい」だ。わかる。気持ちいいところを、気持ちいい手つきで撫でてくれている。猫の扱いを知っている人の手つきだった。甘えかかるスミに、彼もまんざらではない顔をしている。

スミにか誉にかわからないけれど、なんだか、のけ者にされたような気分がした。正直に言えば、ほんのちょっぴり、羨《うらや》ましい。

「……いいなぁ」

無意識に気持ちが声になってこぼれ落ち、ハッとした。怪訝《けげん》そうにこちらを見た彼と目が合った。

「……なんだ」

「……ううん」

ユキは小さく首を横に振った。撫でてほしいとは言えなかった。猫ならあんなに気ままに、簡単に、撫でて、と言えるのに。人間の姿をしているユキには難しい。

それに、今までの話やスミへの接し方からわかってしまった。

(……この人がきらいなのは、スミたちじゃなくて、オレなんだ)

誉が一緒にいたくないのは、ユキなのだ。どうしてだか、わからないけれど。その事実は冷たく重い石のように、ユキの心に爪を立てる。心のやわいところが傷つく気がした。

胸が痛い。

(でも、それなら……)

ある可能性に気づき、ユキは小さく唇を噛んだ。
庭では、猫たちが自由気ままに過ごしている。

3

その事件が起こったのは、誉が来た日から七つくらい朝を数えた頃だった。

湿った土と若草のにおいに包まれた夜。犬と猫と鯉しかいないこの家では、日が落ちても明かりはつけない。

どこかで気の立ったオス猫が喧嘩《けんか》をしている。その荒々しい声を聞きながら、ユキはスミを抱き、早々に布団に入っていた。春は恋の季節だが、この家の犬猫たちはみんな避妊手術を受けているから、穏やかなものだ。

それでも、なんとなくざわざわする夜。唐突に蹴破る勢いで潜り戸を開ける音がして、ユキは跳ね起きた。

(何⁉)

「ユキ」

光圀がやってくる。めずらしくお銀と忠相と次郎吉も寝室に入ってきた。

突然の侵入者は、鍵のかかっている玄関をガンガンと叩《たた》いている。

「……誰だろ？」

誉や沢村ではない。彼らは冷たいときもあるけれど、こんな乱暴なことはしない。

おびえたスミを抱き、家の中で息をひそめていたら、今度は庭からジャリジャリと土を踏む荒い足音が聞こえてきた。侵入者は玄関を開けることをあきらめて、庭から家に入ってこようとしているらしい。

ハッとして光圀を見る。

「ごめん、光圀じいちゃん。オレ、逃げても大丈夫？」

「大丈夫だ。気にせず行け」

その一声で駆け出した――が、裏口まで来てみると、黒服の男が立っていた。知らない人だ。立ちすくむ。黒服は警戒心もあらわに、鋭い目でこちらを見ている。

逃げ場を探して振り返る。と、目の前に見知らぬ男が迫っていた。方向を変える間もない。い。彼は、ユキの寝間着の胸元をガッと摑み上げて怒鳴りつけた。

「おまえか、親父《おやじ》の男の愛人ってやつは！」

「え？　え……？」

愛人？　愛人って……。

――赤の他人に家財をゆずった上に、愛人と一緒に住めだと？　そろって非常識もたいがいにしろ。

(誉さんが言ってたやつ?)

よくわからない。けれども、相手の剣幕にひるんで、曖昧にうなずく。

と、左の頬に衝撃が走った。顎がガチン! と鳴り、目の前がチカチカする。摑まれていた胸元を突き放され、裏木戸の前に尻餅《しりもち》をついた。

「……痛……」

無意識に左の頬に触れる。じんじんとしびれる痛み。口の中は血のにおいでいっぱいだった。頭を振ると世界が揺れる。殴られたのだと、ようやく気づいた。

「けがらわしい」

男が、憎々しげに吐き捨てた。

誉にも初対面で言われた言葉だ。きたない言葉。だけど、ユキにはどうしてそんなことを言われるのか、なぜ殴られたのかもわからない。

(どうして?)

猫らしく、人間と一緒に暮らして、かわいがってもらっていた。それだけで、なぜ殴られるほどきらわれるのか、どうしてもわからない。だけど、目の前の人は、心の底から怒っている。ユキのことを、殺したいくらい憎んでいる。ビリビリと肌を震わせる怒気が教えている。

恐怖で立ち上がれないユキの胸元を、男が再び摑み上げた。左手でユキを引きずり立たせ、もう一発殴ろうと右の拳を振り上げる。

思わずぎゅっと目を瞑る——けれども、二度目の衝撃は襲ってこなかった。

「父さん、冷静に」

誉の声がした。こわごわと目を開ける。男の肩越しに、誉と目が合った。

「あ……」

確かに誉だ。男の振り上げた手を掴んでいる。緊迫した表情が、ユキを見て少しだけ、だが、確かに動揺を浮かべた。

それを目にした瞬間、ユキの胸にあふれたのは安堵《あんど》だった。

(誉さんだぁ)

ホッとした。そうしたら、涙が勝手にあふれてきた。

「誉」

腹立たしげに、男が誉の名を呼ぶ。誉が「父さん」と呼んだのだから、この人はご主人様の息子で、誉の父親なのだろう。どちらにも、全然似ていないけど。

彼はまだ憎々しげにユキを睨《ね》めつけながら、誉の手を振りほどこうともがいていた。その隙に、胸ぐらを掴んでいた手に噛みつく。

「うわ！　噛んだ！　噛みやがったぞこいつ！」

「先に殴ったのは父さんでしょう」

噛まれた手を放し、飛び退《の》いた父親とユキのあいだに、誉が身を割り込ませてきた。見上げる背中が、とても広い。

怒りか動揺か憎しみか、男はぶるぶると震えている。

「誉。どけ」

「父さんが感情的になっているうちはどきません」

「なぜかばう⁉　そいつは親父のあ、あ……愛人なんだろう！」

震える指先がユキを指した。ユキは誉の陰で縮こまった。

「気持ちはわかる。けど、殴るのはまずい」

「誉！」

「茂さん、誉さんのおっしゃるとおりです。今日のところは失礼しましょう」

横から沢村も割り入ってくる。沢村は、茂が振り上げた拳を両手で包んで下ろさせると、「家までお送りします」とユキから遠ざけた。

「……っ。男の愛人なぞ、わしは認めんからな！」

茂の怒鳴り声が庭に響く。「こちらへ」と沢村に連れて行かれながら、振り返った男の目が――憎しみに満ちた目が、ユキを射貫いた。彼が庭から出ていくまで、ユキは身じろぎひとつできなかった。

「……大丈夫か？」

誉が気まずそうに声をかけてくる。のろのろと彼を見上げた。

「あ……」

うん、と、うなずく。その動きでも、まだ頭がくらくらした。すぐには立ち上がれそうにない。

「……ごめん。大丈夫だから……」

しゃべると痛む左頬に手を添えながら、やっとのことでそれだけを言う。誉は厳しい顔をしていたが、ユキの脇にしゃがむと、「摑まれ」と言った。

「え?」

「家に戻ろう。早いところ手当しなくてはますます痛むぞ」

「うん………え?」

「何してる。俺の肩に腕を回せ。自分で歩けよ。抱き上げるのは無理だからな」

「あ、……うん」

おずおずと彼の肩に腕を回す。しっかりと反対側から腕を摑まれ、彼に支えられて立ち上がった。

「居間まで歩けるか」

「うん……」

彼の肩を借りながら、裏口まで歩く。家に上がり、自分の足で居間まで歩いた。スミや光圀はもちろん、お銀や忠相、次郎吉までが心配して足下にまとわりついてくる。

彼らを邪魔くさそうによけながら、誉はユキの脇を支えていた手を放し、室内灯のスイッチを押した。パッとついた光に目を射られる。思わずぎゅっと目を瞑った。この家に照明がともるのは、ご主人様が亡くなった夜以来だった。

「座れ」

言われるまま畳に座った。じんじんと左頬が痛んでいる。今になって体の内側から恐怖が湧き上がり、ユキは体を震わせた。

「……」

両膝をぎゅっと抱いて顔を埋める。スミが気遣わしげに体をすり寄せてくる。光圀が指先を舐めている。みんなを心配させてしまっている。だけど、顔を上げられない。

「こっちを向いて、殴られたところを見せてみろ」

誉がユキの顎に触れようとする気配がする。痛みを想像し、思わず身をこわばらせた。本能的な警戒心で、耳や尻尾が飛び出しそうになる。

彼の手は、ユキに触れる寸前で止まった。

「……痛むか？」

こくり、うなずく。

「口の中は？」

「……歯は大丈夫そう。でも、たぶんどっか切れてる」

それだけ話すだけでも顎が痛む。誉は痛ましそうに眉を寄せた。

「そのままだと腫《は》れるかもしれないな」

立ち上がって部屋を出て行き、タオルに巻いた何かを手に持って戻ってくる。

「……何？」

「保冷剤だ。殴られたところにあてていろ」

受け取ってみると冷たかった。左頬にあてると気持ちいい。痛みとともに気持ちが落ち着くと、ぼんやりとしていた頭が、次第に現実に追いついてきた。

もう大丈夫。もう殴られない。この人がいてくれる。怖い人を追い払ってくれる。

ホッとしたとたん、体の震えが大きくなり、頬を冷やすものを取り落とした。誉は黙ってそれを拾い、ユキの頬にあててくれた。

やさしい。やさしくされても涙は出るのだと知った。

「こわ……、怖かった……」

保冷剤をあててくれる、大きな手に自分の手を重ねた。

怖かった。怖かった。怖かった。何が起こっているのかわからなかった。痛かった。

誉だって人間だ。あの、ユキを殴った人と同じ、人間だ。最初からユキに対しては冷たかったし、常に不機嫌な態度だった。けれども、本当に怖い人ではなかったのだと、今となってはよくわかる。彼はどんなに不快な顔をしても、ユキを殴ったりはしなかった。ごはんをくれた。スミを撫でてくれた。ユキを父親の拳から守ってくれた。

ぼろぼろと涙があふれるのにもかまわず、ぎゅうっと誉の手にしがみつく。手だけでは足りず、腕にすがりついた。ユキを守ってくれた、たくましい腕。誉は一瞬体をこわばらせたが、何も言わず、そっとユキの肩に手を置いた。

やがて、苦い声でぽつりと言う。

「すまなかった」

彼の謝罪に顔を上げる。なぜ彼が謝るのか、わからなかった。びっくりしたら、涙も止まる。まだ濡れた目で、彼を見つめた。

「どうして?」

彼は形のいい眉を寄せ、声を押し出すように言った。

「おまえを殴った、あれは、俺の父親だ」

「うん。でも、あなたに殴られたんじゃないよ」

ユキを殴ったのは彼の父親で、彼ではない。それぞれ別の人間だ。彼が責任を感じることではない。

だが、彼は一瞬視線を揺らめかせたあと、思い直したように首を横に振った。

「父さんにおまえの話をした、俺がうかつだった」

ううん、と、ユキも首を横に振る。

「あなたは全然悪くないよ。あなたは、オレを助けてくれた」

——だから、どうか、そんな顔をしないで。

見上げる彼が、目を瞠った。信じられないという顔だった。どうしてそんな反応をするのかわからない。でも、苦しげな表情が少しやわらいだようすにホッとする。ふふっと笑ったら左頬が痛んだ。

「バカ。こんなときに笑うな」

「うん」

でも、うれしかったから。

保冷剤をあててくれる手に、自分の手を重ね直す。すべらかな手だった。気力の充実した、力強い手だ。ご主人様みたいな皺なんてひとつもない。だけど、どこかなつかしいにおいがした。大好きだった人にそっくりなにおい。もっと撫でてほしくてたまらなくなる。

撫でて、寄り添って、やさしくして。

ご主人様にしてほしかったことを、彼にも感じる。

好き。やさしい人間に、やさしくしてもらうのは、すごく好き。ご主人様がいなくなって、人間としてみんなのお世話をできるのが自分一人しかいなくなって、ずっと気を張っていたけれど、本来のユキは甘えたがりだ。

我慢しきれず、すり、と、彼の手に頬をすり寄せた。彼はまた一瞬体をこわばらせたけれど、やっぱり何も言わなかった。

やがて、あいているほうの手が、そうっとユキの背中に触れる。そろそろと、不慣れな人が猫を撫でるような手つきで、肩から背にかけて往復した。

（変なの）

猫はあんなにじょうずに撫でられるのに、人間相手だとこんなにもぎこちない。それとも、相手がユキだから？

でも、そんなことどうでもよくなるくらいうれしかった。ひさしぶりの人間の手。大好きだったご主人様にそっくりなにおい。やさしい人に、やさしくされている。また涙が出た。一度泣いたら、今まで我慢してきたものが一気に膨れ上がってくる感じがした。

心細かった。寂しかった。かなしかった。おなかがすいてせつなかった。ご主人様に会いたかった。誰かにやさしくしてほしかった。生まれて二回目の春が来て、ユキの体はすっかり大人だ。だけど、心はまだやさしく守ってくれる人を求めている。

誉の腕を両手で抱いて、わんわん泣いた。彼は黙って、ユキの背を撫でていてくれた。

いい人。好き。この人が、新しいご主人様になってくれたら、どんなに心強いだろう。

言ってもいいだろうかと、彼を見上げた。もしかしたら、いつものいやーな顔に戻ってしまうかもしれない。せっかく今やさしくしてくれているのにもったいない。

だけど、我慢しきれなかった。

「誉さん、お願い。オレたちと一緒にここに住んでよ。オレの新しいご主人様になって？」

けれどもやはり、その言葉は言ってはいけなかったようだ。彼がギクリと動きを止めた。やさしい手が離れていく。

「あ……」

——やっぱりダメ？

けわしい表情の彼を見つめる。

（……ダメなんだ……）

彼にきらわれていたのを思い出した。彼の父親には殴るほど憎まれている。どうしてなのか、ユキにはさっぱりわからないけれど。

「……オレが、ダメなの？」

おずおずと、このあいだ会ったときからずっと気にかかっていたことを口にした。彼はあいかわらず難しい顔でユキを見ている。眉間に寄った深い皺と、揺れる目の表情が、彼の感情を映し出していた。

「オレがいなかったら……オレがここから出て行ったら、あなたは、みんなをここに住まわせてくれる？　ちゃんとごはんをあげてくれる？　殴られたりしないように守ってくれる?」

ユキの言葉に、周りで二人のようすを見守っていたみんながざわっと毛を逆立てた。光圀がさえぎるように、ワン！　と大きな声で吠える。「何を言い出すんだ」という言葉は、ここにいる全員の一致した意見のようだった。憤慨されている。それ以上に、心配されている。

誉は、言葉はわからないなりに、動物たちの意思を感じ取ったらしい。居心地悪そうに光圀を見た。

「……おまえの仲間たちは反対のようだが」

「でも、みんなをあんな怖い目には遭わせられないよ。あなたなら、みんなを守ってくれるでしょ?」

「……おまえは、それでいいのか?」

思いがけない言葉だった。ユキがここをゆずると言えば、一も二もなく同意すると思っていたのに。

考える余地を与えられたから、逆に決意が揺らいでしまう。生まれてすぐから住んでいた、ご主人様と暮らした思い出の家。大切な家族が暮らす家。そこから、自分一人はじき出されてしまう――。

「それでいいかって……」

いいわけない。かなしいに決まっている。でも、そうすることで、みんなが生活に困らなくてすむのなら。そう、彼が約束してくれるなら——。

顔を上げた。誉を見た。ボタボタと両目から涙が落ちた。人間の体は時々ふしぎだ。泣きたくなくても涙が出る。

睨みつけるように彼を見上げた。

「……よくないけど、いいよ。みんなを保健所に連れて行かない、ここに住ませてくれる、お世話もしてくれるって、あなたが約束してくれるなら」

誉は一瞬、魅入られたように息を呑《の》み、ユキを見つめた。ユキが、池に泳ぐ緋鯉《ひごい》たちのうつくしさに目を奪われるときのように。

数秒、考え込むように黙った彼は、迷いと戸惑いの混ざる声でたずねた。

「……それで、おまえはどうするんだ」

「わかんない。けど……」

そうなったら、ユキはこの家からは出ていくほかない。けれど、このあたりには母親もきょうだいたちもいる。地域猫として生きていくことはできるかもしれない。……やったことがないから、わからないけれど。でも、みんなで住むところや食べるものに困るよりはよっぽどましだ。

誉は呆然《ぼうぜん》と呟いた。

「財産目当てじゃなかったのか」

ざいさん――この家と、お金のこと。

ユキは首を横に振った。

「住むところとごはんさえくれたら、お金はいらない」

「まさか本当に、犬猫たちのためだけにこの家に残ったのか？」

「最初からずっとそう言ってる」

「……」

彼が何か言おうとしたときだった。ぐきゅう……と、奇妙な音が和室に響いた。

「……なんだ？」

彼が不審そうに周囲を見回す。ユキは思わずおなかを押さえた。それを見た彼が、あきれ顔になる。

「腹が減ってるのか」

「うん……」と、うつむく。いつもは夜になってからこっそり食べているのだけれど、なかなかタイミングがつかめなくて、今日はごはんを食べはぐっていた。それに、猫の体でごはんを食べても、この体はすぐにおなかがすいてしまう。

誉は軽くため息をつき、ポケットからクリップにはさんだお金を取り出した。

「これで好きなものを買ってこい」

紙のお金を差し出される。買い物のしかたは知っているけど、ユキが人間の姿でいられるのはこの屋敷の中だけだ。外に買い物には行けない。「ごめん」と小さく首を振った。

「ダメなんだ。外には行けない」

彼は眉を跳ね上げ、「なぜだ?」とたずねた。

「おまえが買い物に行っているあいだに閉め出したりはしないぞ」

「わかってる。でも、ダメなんだ。家から外には出ないって、おじいちゃんと約束したから」

誉はまた難しい顔になった。

「……まさか、本当に不法滞在じゃないだろうな」

「……? よくわかんない」

ユキの返事に、彼は深くため息をつき、不機嫌な声で「何が食べたいんだ」とたずねた。

「ごはん、くれるの?」

思わず目を輝かせる。以前、彼の部下という人が、ペットフードと一緒に届けてくれたごはんは、びっくりするほどおいしかったのだ。

彼は面倒くさそうにうなずいた。

「いいから、さっさと食いたいものを言え」

「お魚!」

勢い込んで答える。彼は「少し待ってろ」と言い残し、玄関から出て行った。

「ユキ、出て行っちゃうの？」

足下にすり寄ってきたスミが、心配そうに言う。

「出ていくことないぞ」

「先に住んでたのはわたしたちなんだから、あの人間のほうが遠慮するべきなのよ」

次郎吉にいさんとお銀さんも口々に言った。光圀じいちゃんと忠相おじさんも彼らの意見に賛成らしい。うんうんとうなずいている。

ユキは少し首をかしげた。

「でも、オレも、この家の外では普通の猫だから……。裏の神社にでも住むから、誰かがこっそりごはんを運んでくれたらいいよ。そうしたら、みんな、おなかすかないで、住むところにも困らないで暮らしていけるでしょ？」

「ユキ……」

みんなが視線を床に落とす。しかたない。みんな今まで人間と暮らしてきた犬猫たちだ。寝るところとごはんをもらわないと生きていけない。ひもじいのは誰だっていやだ。

ユキは口調を変え、立ち上がった。

「それより、誰かお茶の淹《い》れ方ってわかる？　確か人間は、お客さんにはお茶を出さないといけないんだよね」

今まで誉は歓迎されない訪問者だった。でも、ユキを暴漢から守り、ごはんを買いに行ってくれるのなら、もうお客さんだ。

ユキの言葉に、光圀が先導するように立ち上がった。

「茶ならこっちだ」

「光圀じいちゃん、わかるの？」

彼について台所に入っていく。光圀は、流しの下の扉を鼻で押した。

「ここにやかんが入ってるだろう」

「やかん……これ？」

「ああ。まず、蓋を取って、そこの蛇口から、やかんに水を入れる。それをコンロの上に置き、そこのつまみを回して火をつける。火には気をつけろよ」

「うぇぇ、火かぁ……」

ぬくいのは大好きだけど、火は大の苦手だ。動物の本能で逃げ出したくなる。

我慢してガスコンロのスイッチを回すと、青い炎が輪のように並んだ。きれいだけど、やっぱり本能的にぞっとする。なるべく火を見ないよう、反対方向に目をそらした。

光圀がとことこ歩き、水屋の戸棚を鼻で示す。

「それから、そこの筒の中に入ってる茶葉を急須に入れる。急須は、穣がよく使ってた古いのが、そこの上の棚にあるはずだ」

「これのこと?」

「ああ、それだ」

急須は、ご主人様が使うのを、ユキも見たことがある。中に茶葉を入れ終わると、ちょうどやかんがしゅんしゅんと音を立て始めた。

「火を消して、やかんの黒い取っ手を持って、急須の中に湯を注ぐ。湯ややかんは熱くなっているからな、触らないよう気をつけろ」

「うん」

言われたとおり、そーっと持って、そーっと注ぐ。

「急須に蓋をして、しばらく置いたら、でき上がりだ」

「しばらくって、どのくらい?」

「さあ……」

「まあいっか。誉さん、まだ帰ってこないし」

——と言っていたら、玄関から鍵を開ける音がした。誉が帰ってきたらしい。

とたとたと玄関まで迎えに行く。彼と一緒に、春の雨のにおいが入ってきた。昼からどんより曇っていたが、どうやら降りだしたようだ。

雨露を手で払っている彼にたずねる。

「おかえりなさい。濡れちゃった?」

「ああ」

「ちょっと待っててね」

駆け戻り、洗面所の棚からタオルを取り出した。

「これ」

走って戻り、誉に差し出す。彼は「ああ……」と受け取り、頭と肩を軽く拭いた。

紙袋を下げ、台所に向かう彼のあとについていく。四人がけのテーブルに紙袋を置くと、彼は中からきれいな紙に包まれた箱を取り出した。

中は見えないけど、においでわかる。

「お寿司だ！」

思わずその場で飛び上がった。誉がなんとも言えない顔でユキを見ている。唇の両端がわずかにむずむず動いていて、笑いをこらえているらしいのがわかった。笑いたいなら、笑えばいいのに。

「寿司が好きか」

「好き！　大好き！　開けてもいい？」

「ああ」

きれいな紙にかかっていた紐《ひも》をほどき、紙をはずす。中には、小さく握った寿司がきちんと十個並んでいた。

「ありがとう、めっちゃおいしそう！」

「そうか」

どことなくぎこちない表情でうなずきながら、彼ももうひとつの包みを開けている。どうやら、そちらも寿司らしい。

「一緒に食べる？」

「ああ。俺も夕飯を食べそびれてた」

「あ、お茶あるよ。さっき淹れた」

彼に出してあげようと湯飲みを取り出し、茶を注いで、

「っち！」

飛び上がった。

「どうした」

「めちゃくちゃ熱い……」

赤くなった指先にふーふー息を吹きかけながら答える。びっくりしたせいで、目に涙が浮かんできた。

「バカ。淹れたてなら当たり前だ」

あきれた顔で言い、彼は湯飲みのふちを持って取り上げた。

「……おまえのは？」

「いらない。熱いのきらい」

ユキが言うと、彼は手の中の湯飲みに視線を落とし、「そうか」と呟くように言った。

テーブルに向かい合って座る。誉は丁寧に「いただきます」と言った。その言い方がご主人様そっくりで、ユキは思わずふふっと笑った。

「なんだ」

「ううん。……おじいちゃんそっくりだなぁって」

「やめろ」

口調は不愉快そのものだが、どこかまんざらでもない表情だ。

ユキも彼にならって手を合わせる。ご主人様に教わった、人間の、ごはんの作法。

「いただきます」

箸を取り上げ、寿司をひとつ取り上げる。醤油《しょうゆ》はほんの少しだけ。口に運ぶと、魚と酢飯の香りが、口いっぱいに広がった。

「おいしーい！」

歓声を上げるユキに、誉はあきれた顔をしている。

「おおげさだな」

「だって、本当においしいんだもん！」

ニコニコと二つ目を口に運ぶ。さっきとは違う種類の魚だったが、やっぱりとてもおいしかった。

「お寿司、おじいちゃんとも食べたことがあるよ。おじいちゃんが病院から帰ってきた日に」

「……そうか」

「おいしかったなぁ」

あのときは、まだまだ一緒にいられるのだと思っていた。うれしかった。お寿司もとびきりおいしく感じた。だけど、そのご主人様はもういない……。

「……どうした。傷が痛むのか？」

「ううん。あんまりおいしいから……」

大好きな魚を食べながら、ユキはまた涙をこぼした。どうして泣けてくるのかよくわからない。だけど、勝手に涙があふれてくる。

足下でスミが、「にゃーん」と鳴いた。「わたしにもちょうだいよ」。

「ああ、うん。ごめん。俺だけ食べちゃって」

スミと、お銀さんと、忠相おじさんと、次郎吉にいさん。一枚ずつ寿司の魚をはがしてやる。光圀を見ると、彼はくうんと鼻で鳴いた。「わしはいいから、おまえがお食べ」。おじいちゃん犬はとてもやさしい。

残った酢飯を食べていると、正面から視線を感じた。誉が物言いたげな目でユキを見ている。

「何？」

「いや……」

めずらしく口ごもった彼だったが、思い直したように、自分の食べていた寿司の箱を、ユキのほうへと押し出した。

「よかったらこれも食え」

「えっ。いいの？」

思わず目を輝かせる。うれしい。やさしい。だけど。

「……でも、誉さんも、おなかがすいてたんでしょ？」

上目遣いにたずねると、「遠慮するな」と叱られた。

「俺のことはどうにでもなる」

「そう……？　じゃあ、いただきます」

ありがたく、真っ白な寿司をひとつもらって口に運び、

「……っ⁉」

ユキは椅子から飛び上がった。

「なんだ？　どうした」

誉があわてた表情できいてくるが、それどころではない。

「……っ、……っ、これ何、口の中がヒリヒリする！」

無理やり口の中のものを飲み込んで、涙目になって誉を見た。立ち上がり、コップに水道の水を汲《く》んで飲む。

「わさびはきらいか」

誉は呆然とユキを見ていたが、やがて、「……ああ」と、思い当たったように呟いた。

「わさび？　何それ。このヒリヒリするやつ？」

まだ表面がしびれたようになっている舌を口から出す。ひーはーと口で息をしていたら、誉はなんとも言えない表情で視線をはずし、「悪かった」と額に手をあてた。

「おまえのぶんはさび抜きにしたのを忘れていた」

「誉さんは、これが好きなの？」

「ああ、まあ……」

「ふぅん……」

変わってる。でも、意地悪されたのではないとわかって、ユキは少し落ち着いた。まだなんとなくヒリヒリする感触をごまかそうと酢飯を頬張る。

「……わさびが入っていないのは、玉子といくらと穴子だな」

そう言った彼が、三つ、寿司をユキの箱に運んでくれた。ご主人様に似た、きれいな箸使いだった。

「……ありがとう」

玉子の寿司を口に運ぶ。ふんわり、やさしい甘さが口に広がり、ふくふくとあたたかい気持ちになった。

「誉さんはいい人だね」

ユキがそう笑いかけると、彼はなんとも微妙な顔をした。

「このあいだも言ったが、食べ物につられすぎるなよ。犬猫じゃあるまいし」

「……？　ごはんをくれる人に、悪い人なんかいないでしょ？」

首をかしげると、なんだか気の毒そうな目を向けられる。でも、気にしない。

「誉さんはいい人だよ。おじいちゃんが言ってたとおりだ」

ユキの言葉を、誉は鼻で笑った。だけど、その笑い方はいつもと少し違っていた。ほのかにせつなく見えるのは、少しうつむき加減だからだろうか。

彼は自嘲の口調で呟いた。

「じいさんは、オレのことなんかきらいだったさ」

「……どうして？」

なぜそんなかなしいことを言うのか、わからなくて彼を見つめる。

誉はどこか苦しいのを隠しているような表情で答えた。

「俺はじいさんの望みをかなえてやれなかったからな」

「望み？」

「ゲイなんだよ。あの人にとっちゃ一人きりの孫なのに、結婚もできなきゃ、曾孫《ひまご》の顔も見せてやれなかった」

「……ゲイ……」

わからない言葉に首をかしげる。わからないけど、「ゲイ」だと、結婚することも、子供をつくることもできないのか。それはちょっと残念かもしれない。

（残念っていうか、ちょっと寂しい）

彼は、新しい家族をつくるすべが、他の人よりもひとつ少ないということだから。

でも。

「そんなことで、おじいちゃんは誉さんのこと、きらいになったりしないと思うけど……」

ユキの言葉は、今度こそはっきり笑い飛ばされた。

「おまえはなんにも知らないだろう。現に、ゲイだから結婚できないと言ったら、音信不通になったんだ」

「おんしんふつう？」

「連絡を一切寄越さなくなった。それまで、やれ結婚しろだの、跡継ぎの顔を見せろだの、何かとうるさく言ってきていたくせにな。結局死ぬまで六年間、年賀状しかやりとりがなかった」

「……そうなの」

残念だったんだろうな、と思った。ご主人様は誉のことが好きだったから、彼が好きな人と結婚して、新しい家族をつくる姿を見たかったんだろう。それができなくて、がっかりしたのかもしれない。けど。

「それは、おじいちゃんがいけなかったね。寂しいのは誉さんなのに……」

寂しい人を、さらに寂しくしてはいけないと思う。ユキは、ご主人様のことが大好きだけど。そのご主人様だって、誉と仲良くしていれば、晩年、寂しくなかったかもしれないのに……。

ユキの言葉に、誉は小さく、ほろっと笑った。ほんの少し、眉を寄せて。

「おまえに言われるとはな」

視線を落とし、どこかつらそうに口元だけで笑う。

「……俺がゲイだということには拒否反応を示したくせに、自分はいつのまにか、こんな若くてきれいな男を愛人にして、挙げ句に、遺産をそいつと分けろと言い逃げしたんだぞ。俺は怒っていいだろう」

ユキは困って首をかしげた。さっきの話と今の話がどうつながるのか、よくわからない。彼の言うことは時々難しい。

でもひとつだけ、はっきりと誤解だと言えることがあった。「あのね」と切り出す。

「おじいちゃん、誉さんのこと、きらいじゃなかったと思うよ」

「なんでそんなことが言えるんだ」

「だって、あなたにオレたちのことを頼んだでしょ。大事な家族のことを、きらいな人には頼まない。それに、オレには『あいつはいい子だから、おまえたちを見捨てることはないだろう』って、何度も言ってたから」

初めて誉に会ったときには、とても信じられなかった。けれども、今なら本当だとわかる。

ユキの告白に、誉は目を瞠り、それから子供が拗《す》ねたような表情になった。

「いい子って……。あいにく、俺はそこまでお人好しじゃない」

「でも、誉さんはオレを殴ったりしなかった」

「理性的でありたいだけだ」

「ごはんもくれるし」

「とりあえず当面の金はやるから、おまえはもっとちゃんと食え」

「ほらね、いい人じゃん」

ほがらかに笑うユキを、誉はじっと見つめてきた。小さく揺れる瞳の奥に、真実を見極めようとする光が覗く。

「……俺は、」と、彼はためらいがちに口を開いた。独り言を呟くような口調だった。

「じいさんに信頼されていたのか」

「そうだよ」

大きくうなずく。

だって、ご主人様はわざわざ誉を指名したのだ。あの、ユキを殴った息子ではなく、その拳からユキを守ってくれた誉を。穣には確信があったに違いない。彼ならユキたちを大切にしてくれる、と。

「……そうか」

「うん」

やっと気持ちが通じ合った感じがして、ユキはニコニコとほほ笑んだ。

そんなユキを、彼はじっと見つめている。

嵐のように始まった春の夜は、静かにゆっくり更けていった。

4

それから、誉はちょくちょくユキたちの家を訪れるようになった。

ピンポン、ピンポン、ピンポン、と、インターフォンが三回続けて鳴らされたら、彼が来たという合図だ。彼と沢村が強く言ってくれたそうで、あれから彼の父親は来ていない。だが、念のためにと合図を決めた。

「はーい」

今日はめずらしく明るいうちの訪問だ。誉は仕事が忙しいらしく、来るのはだいたい夜だった。

とたとたと玄関まで駆けていく。鍵を開けて入ってきた彼は、框《かまち》に立って待っていたユキを見るなり嘆息した。

「え、何?」

「……なつかれたものだと思ってな」

「オレが、あなたに？　それってため息をつくようなこと?」

首をかしげると、ますます深くため息をつかれる。わけのわからない反応に、ユキはちょっとあきれた。人間は複雑なことを考える生きものだと知ってはいるが、この人はあれこれ難しく考えすぎなんじゃないないないだろうか。

「変わりはないか？」

さりげない質問に、「うん。大丈夫」とうなずいた。

「なんにも困ってないよ」

ユキや、みんなのことを気にかけてくれている。彼は理由を言わないけれど、近頃頻繁に来てくれるようになったのも、ユキたちを心配してくれてのことなんじゃないかとユキはひそかに思っている。

（やさしい）

胸がふっくらあたたかい。うれしい。好き。慕わしい気持ちが湧き上がり、彼に寄り添いたいと感じる。人と暮らした猫の習性みたいなものだ。ユキの場合は、もともとが甘えたがりだから、とくにそういう傾向が強い。

家に上がった誉のあとを、またとたとたとついていく。

開け放たれた広縁からは、みんなのいる庭がよく見えた。草木の若芽がキラキラと光っている。初夏の近さを感じさせる明るい午後だった。

庭に集う猫たちを眺めながら、誉がたずねた。

「今日は何をしていたんだ?」

「オレ? みんなにごはんあげて、掃除して、洗濯して、ひなたぼっこして、ちょっと寝て、遊んでた」

ユキの答えに、彼はなぜか苦笑した。

「まるで猫だな」

そりゃ、猫だから。

「飯は?」

「まだ食べてない」

「そんなことだろうと思った」

縁側に座り、彼が持ってきた紙袋の中身を取り出す。においでわかった。

「お魚だぁ!」

「……おまえ、嗅覚は異常に鋭いな」

誉が、あきれた目でこちらを見た。気にしない。

「ありがとう。お茶淹れてくるね」

ユキは立ち上がり、台所へと向かった。

「うれしそうね」

あとについてきたスミが、からかうような声で言う。はにかんで、「うん」とうなずく。

「ごはんもうれしいけど、誉さんが会いに来てくれるのがうれしいよ」

「すっかりなついちゃって」

「うん。でも、いいんだ」

初めて会ったときから、どんなに冷たくいやな顔をされてもきらいになりきれなかったけれど、今はもうはっきりと好きだった。

誉はやさしい。この家に来るたびに、いつもユキに人間のごはんを持ってきてくれる。それだけでなく、みんなにお土産《みやげ》をくれることもある——というか、本当はそちらのほうが、彼のしたいことなんじゃないかとユキは思っている。

今も台所でお茶を淹れて戻ると、誉は忠相おじさんと次郎吉にいさん相手に、新しく持ってきた猫のオモチャで遊んでいた。仏頂面に見えるけれど、口元がちょっとゆるんでいる。

「あ、ずるーい！　わたしも遊んで‼」

スミがタタタタ……と突進していく。キラキラひらひら、棒の先から舞うリボンに、ユキの体もうずうずした。耳と尻尾が飛び出しそうになる。意識的に目をそらし、縁側にお盆を置いた。

「お茶、入ったよ」

「ああ」

彼は自分の脇にリボンを置くと、「ありがとう」と言ってくれた。

――ユキ、ありがとう。

生前、ご主人様から何度も言われたのを思い出す。あの頃は、そばに寄り添い、撫でてもらうだけで「ありがとう」と言ってもらえた。さすがに今はそうはいかないが、それでもお礼を言ってもらえるようになったのは、一歩前進だと思う。なんだか彼に存在を認めてもらえたようで、心の奥がふくふくする。

縁側に並んで、お昼ごはんを食べた。今日彼が持ってきてくれたのは、大きな焼き鮭《じゃけ》がのったお弁当だった。

「犬猫用には別に持ってきた。おまえのぶんは遠慮なく食え」

どーんとプラスチックパックいっぱいの鯛《たい》のアラを寄越され、ユキは感激した。

「ありがとう！」

誉がごはんを持ってきてくれるようになってから、ユキの食生活は大幅に改善されたけれど、自分だけ贅沢《ぜいたく》させてもらっているようなうしろめたさを感じていた。人間の食べものは動物には食べられないものが多いが、食べられるものはみんなで分ける。何度かそのようすを見ていた誉は、ごはんを買ってくるときは、みんなへのお土産も買ってきてくれるようになっていた。本当にやさしい。

誉にもらった鯛のアラを、早速家族の皿に分け、庭のエサ場にもお裾分けする。心おきなく自分用の弁当をもぐもぐ食べていると、誉が横からじっと見つめてきた。

「何?」

「……いや」

我に返ったような顔をして、ばつが悪そうに視線をさまよわせる。

「……つくづく、きれいな男だと思ってな」

「きれい? オレが?」

思いがけない言葉に首をかしげた。もともと猫のユキにとっては、人間の美醜はよくわからない。人間に対する好ききらいの基準は、単純に、自分にとって都合がいいかどうか、やさしいかそうでないかだけだ。

そんなユキに、誉は小さくため息をついた。

「そういうしぐさや表情も……癖か? それとも意図してやっているのか?」

「なんのこと?」

「いや……」

褒められているのかと思ったけど、違うのかもしれない。今度は大きなため息をつかれてしまった。

かと思うと、仏頂面のまま手を伸ばしてきて、ユキの髪を無造作につまむ。

「……きれいな髪だ。染めているのか?」

「髪？　なんにもしてないよ」

「地毛か。なら、やはり外国の血が混じっているんだな……」

　後半は呟くような口調だった。

「どこの国から来た？　おまえはどこで生まれたんだ」

「生まれたのは、ここのすぐ近く」

　というか、この家の敷地内なのだけど。

「日本生まれか。なら、父親か母親が外国人なんだな」

　いや、母親なら、そこの柘植の木の下に寝転がっている猫だ。

（なんの話？）

　髪の束を指先でもてあそびながら、誉は戸惑うユキの目を覗き込んだ。

「……あの、誉さん……？」

「……きれいな目だ」

　なんだか、くやしいような口調だった。さっきからなんなのだろう。褒めてくれているんじゃないのか。

「初めて見たときから思っていたが、本当に猫みたいだ。目も、髪も、しぐさも」

「……」

　反応に窮して黙り込んだ。元は猫なのだから、人間の姿をしていても、そういう雰囲気がにじみ出ている可能性はある。でも、言えない。化け猫であることを人間に知られてはいけない。ご主人様との約束だった。

代わりに、

「あなたも素敵だと思う。おじいちゃんにそっくりで」

そう言ったら、思いっきり顔をしかめられた。「おじいちゃんに似ている」というのは、ユキにとっては最大級の褒め言葉だが、彼にとってはうれしい言葉ではなかったらしい。そんな小さなすれ違いはありながらも、誉との距離は少しずつ、だが、確実に近くなっていった。

誉の態度が軟化しただけではない。彼のやさしさに触れるたび、ユキも彼の訪れを心待ちにするようになった。ご主人様が出かけたとき、帰ってくるのを今か今かと玄関で待っていたように。誉が来てくれるととてもうれしい。心の真ん中がふんわりする。ごはんがもらえるからだけでなく、単純に、彼と一緒にいられるのがうれしいのだ。

そんな、春の終わりの夜更けのことだった。日暮れとともに東の屋根の上に出ていた月が、夜空のてっぺんを通り過ぎ、西の空に傾く頃。

ピンポンピンポンピンポン、と、自棄《やけ》気味にインターフォンが鳴らされて、縁側でうとうとしていたユキは飛び起きた。玄関の鍵が開けられる音がする。インターフォン三連打だから誉だと思うけど、彼の父親の件もあるので、夜中の訪問はつい警戒してしまう。

「……誉さん？」

玄関まで迎えに出ていく。すぐにいつもと違うにおいに気がついた。お酒くさい。一緒についてきてくれた光圀が顔をしかめて奥の部屋に戻っていく。

「酔ってるの？　大丈夫？」

框まで下り、彼から鞄《かばん》を受け取った。今夜はお土産はなしのようだ。なくても、全然かまわないけど。

それより、彼のようすが気になった。酔っ払っているだけでなく、ひどく疲れた顔をしている。

「……お仕事、大変なの？」

彼がこの家に夜に来るのは、大抵仕事帰りだった。猫には、人間の仕事の大変さはわからない。わからないなりに気を遣ったつもりだったが、誉は「その話はいい」とさえぎった。やっぱり何かいやなことがあったのだ。けれど、それについて、ユキにとやかく言われたくはないらしい。

「邪魔するぞ」

ユキがおろおろしているうちに、誉はユキを押しのけるようにして、勝手に上がり込んでしまった。鞄を抱え、彼の後ろについていく。

彼は広縁に向かうと、閉めていたガラス戸を一枚ぶんだけ開けた。庭に集まっていた猫たちが何事かと振り返る。闇にきらめく無数の目。ユキたちのように人間と暮らしている猫は、どちらかというと夜は寝ていることが多いのだが、外猫は夜のほうが元気だ。飼い猫でも、次郎吉のように夜廻《よまわ》りが好きな猫もいる。

「今夜も多いな」

縁側に腰を下ろした彼は、ふっと息をついた。起き出してきたスミが、彼の手に頭をすり寄せ、「にゃぁん」と鳴く。「どうしたの、大丈夫?」。心配とねぎらいの言葉をかけたが、彼は「撫でて」だと誤解したらしい。スミを抱き上げ、膝に乗せた。

「おまえは甘ったれだな」

言いながらも、どこかうれしそうな口元をしている。

ちょっとだけ、心の端っこがそわっとした。猫を撫でてそんな顔をしてくれるなら、できれば、自分が撫でられたかった。そんなことを思う自分に驚いた。ユキでもスミでも、彼の心が慰められるなら、どっちだっていいはずなのに。

スミを撫でている彼を残し、ユキは台所へお茶の用意に行った。最初は熱くて茶碗《ちゃわん》も持てなかったり、味も薄かったり濃かったり、いろいろ失敗したけれど、最近はもう慣れたものだ。

それから、ちょっと考えて、お風呂にお湯を張った。ユキはお風呂がきらいだけれど、ご主人様はぬるめのお湯につかるのが好きだったのを思い出したのだ。風呂は一日の疲れが取れると言っていた。疲れているなら、お風呂に入るのもいいかもしれない。

淹れたお茶を持って縁側へ戻る。彼はまだスミを撫でながらぼんやりと庭を眺めていた。西に傾いた月が、大きな犬槇《いぬまき》の枝にかかっている。

「お茶どうぞ」

お盆を差し出すと、彼は我に返ったようにユキを見て、「……ああ」とうなずいた。お盆から湯飲みを取り、口へ運ぶ。

「悪いが、今夜は土産がない」

思い出したように言うので、ユキはちょっと笑った。

「そんなの気にしなくていいよ」

「だが、おまえにとっちゃ、飯を運んでこない俺なんか、迷惑な客でしかないだろう」

「何言ってるの。そんなことないよ。この家は、あなたのものでもあるんだから、いつ、何しに来たっていいんだ」

自虐的な言葉は彼には似合わない。本当にどうしたんだろうと思いながら、彼の隣に腰を下ろした。

どうしたの。何があったの。どうしてほしいの。教えてほしい。だけど、彼がきいてくれるなと全身で訴えているから、きかないでおく。

そろそろ初夏にさしかかろうとする夜の風は、さわやかながらもやんわりとして心地よかった。伸びる若芽のにおいがする。生きている植物たちの命のにおい。

湯飲み一杯の茶を、誉はゆっくりと時間をかけて飲んだ。たぶん、お茶はもうすっかり冷めている。それを少しずつすすりながら、誉はずっと黙っていた。ユキもまた黙っていた。

やわらかな夜風が、だんだんと彼の酔いを醒《さ》ましていくのがわかる。彼がひとつ息をついたのを機に、たずねてみた。

「誉さん、お風呂入る？」

「風呂？」

「おじいちゃんが、疲れた日は風呂だってよく言ってたから。わかしてあるよ」

誉は「人をジジイ扱いするんじゃない」と顔をしかめたが、気を取り直したように腰を上げた。

「いいかげん、酔いも醒めたから、もらおうか。じいさんの服はまだ残っているのか？」

「服？　オレは何も捨ててないけど」

「そうか」

誉は寝室へと入っていき、押し入れの襖を開けた。着替えを探しているのだと気づいて、ユキは彼の隣に並んだ。

「何がいるの？」

「とりあえず、Tシャツでもあればいいんだが」

「うーん、オレのじゃ小さすぎるよね。あ、でも、パンツは新しいのがあるよ」

生前、ご主人様から買い与えられた新品の下着を引っ張り出す。それから着替えを探してご主人様の衣装ケースを開けた。ふわっと、なつかしいにおいが立ち上る。

「Tシャツはないかなぁ……あ、浴衣《ゆかた》は？」

「浴衣？」

「おじいちゃん、夏場の寝間着は浴衣だったから」

押し入れの奥を探ると、きれいに洗濯された浴衣が出てきた。新品同様のものもある。

「これでいい？」

「ああ」

受け取り、立ち上がった誉についていく。

今まで案内したことはなかったが、誉は風呂の場所を知っていた。以前はご主人様とも親しくしていたようだから、その頃使ったことがあったのだろう。

「タオルはそこの棚に新しいのがあるよ」

「ああ」

「ゆっくりしてね」

言いおいて、ユキは縁側へ戻った。スミがそばへ寄ってくる。風呂のほうを振り返りながらたずねた。

「何しに来たの、あの人?」

あまりにあんまりな言いぐさに、ユキはプッと噴き出した。膝に飛び乗ってきたスミの耳裏を撫でてやりながら答える。

「なんだろね。ただ猫を撫でに来ただけでもいいんじゃない?」

「そりゃそうだけど。あーあ、ご馳走《ちそう》もらえると思ったのにな」

「現金だなぁ」

ユキだって猫だからスミの言うことはよくわかる。だけど、長いこと人間の姿でいるうちに、なんとなく、人間の心のありようも少しずつわかってきたような気がしていた。

——人間でいればいるほど、猫としての摂理を失う。いつか猫に戻れなくなるかもしれんぞ。

最初に屋敷神様が言っていたのは、もしかしたらこういうことなのかもしれない。みんなの世話をできるのがユキしかいない現状では、しかたのないことだけれど。

気にしないことにして、話を続けた。

「猫だってあるだろ。黙って月を見ていたい夜」

「あるけど。わたし、撫でられ損じゃない」

「何言ってんだよ。撫でられるの大好きなくせに」

しばらくそうしていたけれど、スミは「じゃあ、わたし寝るわね。おやすみ」と部屋に戻っていった。

「おやすみ」

さて、自分はどうしよう。誉は一人でいたいのだろうし、自分のことも自分でするだろう。寝てしまってもよかったが、やっぱり気になって起きていた。庭の月影にひそんでいる、外猫のみんなを眺めて過ごす。

「……何してる」

やがて風呂からあがってきた誉に声をかけられ、うとうとしていたユキはハッと彼を振り返った。

「――」

息を呑む。

ご主人様のにおいがした。当たり前だ。彼にご主人様の浴衣を出したのはユキだった。それが、湯に温められた彼の体温で高く香る。なつかしい、大好きなにおい。

見上げる彼は、背格好も、表情も、ご主人様によく似ていた。目を細めたユキに、「どうした」とたずねる。

「あ、うん……。本当によく似てるなって」

「じいさんにか」

「うん。ごめんね。誉さんは、おじいちゃんに似てるって言われるの、好きじゃないみたいなのに……」

「いい。本当は、昔から言われ慣れてる」

「そうなんだ」

ユキの思い込みだけではなかったのだ。

鼻の奥がつんとして、目の表面に水分が溜《た》まってくるのがわかった。ごまかすみたいにもう一度笑う。縁側に座ったまま、両手を広げた。

「ね、お願い。ちょっとだけ、ぎゅってさせて」

「やめろ。俺はゲイだと言わなかったか？」

「聞いたけど、何か問題ある？」

「問題ある、って、おまえな……」

彼は露骨にいやそうな顔をしたけれど、ユキが「お願い」と繰り返すと、しぶしぶ横に座ってくれた。

距離を詰める。彼の肩口に顔を寄せる。「ぎゅってする」というより、ただ体を寄せ合うだけ。彼は少し緊張しているようだったが、拒みはしなかった。

石鹸《せっけん》のにおいに混ざる、ご主人様のにおいと、誉自身のにおい。そっくりだけど、やっぱり違う。でも、どちらも好きだと思った。

しばらくそうして体を寄せ合っていたけれど、やがて、両腕をそっと摑まれる。

「もういいだろう。いいかげん離せ」

「もうちょっとだけ」

「……甘ったれの猫みたいだな」

「うん」

——だって、猫だもの。甘ったれの。

「撫でて」と言うと、「調子に乗るな」と引き剝《は》がされそうになった。その手にあらがい、肩口に掻きつく。

「お願い。ちょっとだけ」

誉の左手を取り、自分の頰にそっと寄せた。

「こうして撫でてもらえたらじゅうぶんなんだ」

「……」

誉が小さく息をつく。ため息と一緒に「今だけだぞ」と言って、ユキの後頭部に腕を回した。

そうっと、どこかこわごわとした手つきで後頭部を撫でられた。甘美な感触に、ぞわっと総毛立つ。人間の手に撫でられる喜びを思い出した。

「気持ちいい……」

うっとり、吐息まじりに呟く。と、一瞬、彼の手が止まった。

「……俺の理性を試しているのか？」

「え？」

「いや……」

何かを迷う、数秒間。

やがて、彼のほうへ引き寄せられる。ユキは素直に体をあずけた。

好き。気持ちいい。さっきスミを「撫でられるの大好き」とからかったユキだけれど、本当はユキのほうが甘えたがりだ。

もう大人だし、オスだし、人間の体になっちゃったし。みんなを守るって、ご主人様と約束したし。

そう思って我慢していた気持ちが、やさしいぬくさにほどけていく。

「……ねえ、誉さん、ずっとここにいてよ」

――穣が言い遺したように、犬と猫と鯉と、ユキと一緒に暮らしてほしい。

ユキのおねだりに、誉の手がピタリと止まる。距離をとろうとする気配を察し、ごろんと彼の膝に転がって、膝にしがみついた。

「おい」

「やだ。離れない」

「ふざけるのはやめろ」

ユキの体を押しやろうとする彼と、少しのあいだ、揉《も》み合いになる。

やがて、誉のほうが根負けし、ユキの肩に手を置いておとなしくなった。

「本当に、わがままな猫みたいなやつだな。俺に触られるのはいやじゃないのか」

「なんで？　好きだよ」

「この際はっきり言っておくが、俺はおまえを囲う気はないぞ」

「かこう？」

「じいさんがしたみたいにすることだ」

「飼うってこと？」

ユキが視線を上げてたずねると、誉は一瞬絶句した。

「……飼うって、おまえな……」

低く唸るように言い、今度こそ「どけ」と膝からユキを追いやる。心地よいぬくもりを奪われ、ユキは唇をとがらせた。

「なんで？」

ユキの質問に、誉がピリッと空気を張り詰めさせる。

「なんでって……おまえはじいさんの愛人だったんだろうが。じいさんが死んだからって今度は孫の俺なんて、倫理的にありえない」

彼の怒気に気圧《けお》されて、ユキは思わず顎を引いた。

「ごめん。……その、愛人？　ってやつ、何……？」

前からずっと引っかかっていたけど、その「愛人」が、ものすごくよくないもののように思える。たぶん、ユキが彼にきらわれる原因もそれだ。

誉は「おまえみたいなやつのことだ」と吐き捨てた。やっぱりよくわからない。

「好きな人と一緒に暮らして、かわいがってもらうこと？」

「……そうだ」

これ以上言わせるな、と、彼の全身が訴えている。

それの何がいけないのだろう。猫は人間と暮らして、かわいがってもらう生きものなのに。

ユキはしょんぼりと肩を落とした。せっかく心地のよい夜だったのに台無しだ。「ごめんなさい」と謝った。

「こないだも言ったけど、オレさえいなければいいんなら、オレはこの家を出て行ってもいいんだ。だから、みんなのことは守ってください」

ユキのお願いに、誉はどこかが痛むような表情で顔をそむけた。

「……俺はもう、犬も猫も飼わないと決めている」

かたくなな態度は違和感を抱かせる。この人は、あんなにスミをやさしく撫でてくれるのに。

「……それは、犬や猫が、あなたより先に死んじゃうから？」

おずおずとたずねると、誉はハッと息を呑んだ。

一瞬の、完全なる静止。

心の動揺を映す目が、ゆっくりとユキに向けられる。ユキもまた、その目をじっと見つめ返した。

「……なぜ？」

「ごめんね。おじいちゃんに聞いたんだ」

——そう、ユキは知っている。彼の心に触れる秘密。

彼の心を傷つけないよう——まだ痛むのかもしれない傷をそうっと舐めてあげるような心地で口を開いた。

「誉さん、子供の頃、犬と暮らしてたんだってね。真っ白なシェパードの『ユキ』。誉さんが生まれたときに、おじいちゃんが『きょうだいの代わりになるように』って迎えたんだって……本物のきょうだいみたいに育ったんだって聞いた」

「……ああ」

低い声が少し震えていた。もう二十年くらい前の話のはずだけど、彼の中では、まだ生きた思い出であり、生々しい傷なのだ。ユキはそっと目を伏せた。

誉は、大義家の一人っ子だった。人間のきょうだいの代わりに、生まれたときから一緒に育った「きょうだい」が、ホワイトシェパードの「ユキ」だった。一緒に食べ、一緒に遊び、一緒に眠る。その大切な「きょうだい」を、彼は中学一年のときに亡くした。大きな犬だから、それでもじゅうぶん長生きしてくれたのだけど、だからといってかなしくないわけがない。むしろ、長く一緒に過ごせば過ごすほど、お別れの喪失感は大きくなる。当時、誉はひどくふさぎ込んだらしい。無気力になり、一時期は学校にも行けなくなったと聞いた。やがて立ち直りはしたものの、それから一度も動物を飼おうとはしないのだとも。

彼の心の傷を舐める。ユキに特別な力はないけれど、せめて、気持ちだけでもやわらぐように。

「おじいちゃん、言ってたよ。誉さんは、やさしすぎて、大切なものを大切にしすぎるから、大切なものを作るのがつらくなったんだって。いい子だ。やさしい子だ。だけど、新しい家族を迎えるのも、それを大切にするのも、全然悪いことじゃない。その勇気があれば、いつか寄り添ってくれる相手も現れるだろうって」

きっと、ご主人様は、ユキがそうなってくれるようにと望んでいた。もしダメでも、せめてこの家に遺したみんなが——そのうちの誰か一匹でもいい、誉に寄り添ってくれたらと願っていた。自分が選ばれなかったのは残念だけれど、ご主人様の気持ちだけでも伝わればいい。

祈るような気持ちで誉を見上げる。彼は瞳の表面を揺らめかせた。

「……じいさんにとっては、おまえがその『新しい家族候補』だったというわけか」

「たぶんね。でも、オレのことはいいんだ」

ユキの言葉を、彼は半分聞いていなかった。呟くように言う。

「……おまえがいたから、じいさんはあんなに穏やかに逝《い》けたのか……」

「……そうなの？」

ご主人様の最期を、ユキは知らない。

ご主人様は、毎日来てくれていた介護士さんのいるときに急に具合を悪くして運ばれていき、二度と帰ってこなかった。しばらくして、この家にやってきた大勢の人間たちのやりとりを聞いて、亡くなったのだと知った。病院にもお葬式にも、ユキはついてはいけなかった。

猫だから。人間の姿をしていても、化け猫だから。

「穏やかだった？」

大好きだった人の最期を思うと涙があふれる。食い入るように見つめると、彼は「ああ」とうなずいた。

「寂しくなかった？　誉さんもそこにいた？」

「ああ。偏屈ジジイにはもったいない見送りだった」

「よかった」

ユキは心からほほ笑んだ。涙はまだ止まらないけれど。

「おじいちゃんが穏やかに逝けたなら、それはきっと、そこに来てくれた人たちのおかげだけど……」

でも、寂しがりやのご主人様が、寂しくなく逝けたなら、本当によかった。

「ありがとう」

ユキのお礼に、彼は何も答えなかった。唇を引き結び、何かをこらえるような顔でユキの泣き顔をじっと見ている。

チッと鋭い舌打ちが聞こえた。え、と思うよりも早く、腕を引かれる。抱き寄せられた。強く。強く強く、抱きすくめられる。

「……誉さん……？」

びっくりした。突き放したり、抱きしめたり、彼のユキへの接し方は、心の揺れ方そのままに思える。こうされるのが、いやなわけではないけれども。

「……おまえが、じいさんの愛人じゃなかったら……」

誉の口から絞り出された言葉は、ひどく不格好にひしゃげていた。苦しそうで、思わず抱き返してあげたくなる。自分の気持ちに逆らわず、ユキはそっと彼の背中に腕を回した。

「……どうしてダメなの？」

こうするのは気持ちいい。ユキは誉に抱きしめられてうれしいのに。それだけじゃダメなんだろうか。

ユキの言葉に、誉はそっと体を離した。揺れる瞳がユキを見つめる。

「どうして、か」

伏し目がちに彼は笑った。

「おまえが、それを理解していないからだ」

その誉の言葉の意味が、ユキにはやっぱりわからなかった。

5

翌朝、誉はユキに声もかけず、朝食もとらずに出ていった。ユキは起きていたけれど、寝ているふりで見送りにはいかなかった。

「おはよう。みんな、ごはんだよ」

ちょっと寂しい気持ちで、家族たちにお皿を配る。ユキの気持ちになど忖度《そんたく》せず、猫たちは自由気ままだ。でも、へたになぐさめられるよりずっといい。

（オレたちをかわいがってる人の気持ちがわかるような気がするなぁ）

――などと、ぼんやりしていたら、寄ってきた次郎吉にいさんがニヤニヤとこちらを見上げてきた。

「ユキぃ。昨日はお盛んだったなぁ」

「え？　なんのこと？」

本気でわからず、きょとんとしてしまう。そもそも、「盛ん」って何が？

と、足をぺしっと叩かれた。

「またまたぁ。見たぜ～。縁側であの人間と抱き合ってたろ」

「『あの人間』って、誉さんのこと？」

「他に誰がいるんだよ」

もう一発、猫パンチをくらう。

「え……と、それがどうかした？」

ユキは戸惑い、首をかしげた。確かに誉と抱き合っていた――けれども、それってひやかされるようなことなんだろうか。

だが、そう思ったのは自分だけのようで、

「えーっ。あらあら、まあまあまあまあ……。ユキにもとうとう春が来たの？」

「それ本当なの、ユキ？　だから、あの人間のにおいがぷんぷんしてたの!?」

お銀さんとスミが騒ぎだし、ユキはあわてて両手を顔の前で振った。

「違うよ。あれはそんな、特別なことじゃなくて……」

「あの人間がユキを抱きしめようと思っただけで、じゅうぶん特別なことだろう」

「そうだな。最初はあんなに冷たかったのに、いつのまにそんなことになったんだ」

光圀じいちゃんと忠相おじさんまでが言い出して、ユキは赤くなる顔を両手で覆った。

「だから、そういうんじゃないって……。ちょっと撫でてほしかっただけ！　スミだって抱っこして撫でてもらってるじゃん！」

「そりゃ、わたしは猫だもん」

「オレだって猫だよ！」

「でも、あの人間の目にはそうは見えていないでしょ」

ごもっともなお銀さんの指摘に、ぐ……と唇を噛みしめる。頬がかっかと熱い気がした。

たまらず、キャットフードの袋を取り上げる。

「もー。オレのことはいいの！　みんなは朝ごはん！　それ食べてね！」

叫んで、庭のエサ場に向かった。

いつもの朝。いつもの時間。待ち構えているいつもの猫たちの顔を見て、思いついてしまった。

(次郎吉にいさんが見てたってことは、ここのみんなにも見られてたんだよなぁ)

お母さんやきょうだいたちも……と思ったら、再びじわじわと頬が熱くなってくる。

自分では全然意識していなかったのに、みんなに言われたらとたんに恥ずかしくなってしまった。

ゆっくりゆっくり、一粒ずつ、鯉のエサを池に投げ込む。焦れた鯉たちが苛立《いらだ》ったように暴れているが、ユキはまったく気づかなかった。ぼんやりと考える。

(でもさぁ、オレもオスで、誉さんもオスだよ……？)

その上、ユキは去勢手術済みで——つまり、ソウイウコトとは一生縁がないのだと思っていたのだけど。

「……この体で恋なんかできるのかなぁ……」

プラスチックのお椀から最後のエサを握り、池に投げ込みながら呟いた。……本当は呟いたつもりもなくて、心の声が口から勝手に飛び出してしまったのだが。

「あら。それは、化け猫の分際で、っていうこと？」

いつのまにか食事を終え、隣にいたお銀さんの毒舌に、ユキは顔をしかめた。

「違うよ。あの人もオレもオスで、しかも、去勢済ってこと」

「気にしなくてもいいんじゃない。恋は体じゃなくて心でするものよ」

お銀がふふっと笑った。

「そんなこともわからないなんて、ユキは本当にあの人間が初恋なのね」

「……はつこい……」

誉が、自分の初恋。

「えええええー……」

小さくうめいてユキは文字どおり頭を抱えた。立てた膝のあいだで顔を覆う。頬どころか体中が熱い気がして、ごろんとその場に転がった。

「何やってるの、ユキ」

「初恋なんですって」

「おっそいわね」

スミとお銀さんのやりとりにいたたまれない気持ちになる。でも、この口ぶりからすると、お銀さんだけでなくスミも初恋はすませているらしい。

(……でも、そっか。オレでも恋ってできるんだ……)

そして、ユキの初恋は誉だという。

確かに、誉のことを思うと、心の奥がふわふわ、あったかくなるけれど……。

(恋かぁ)

まさか人間を、そういう意味で好きになるなんて想像したこともなかった。ご主人様に対してですら、そんな気持ちにはならなかったのに。

(……会いたいな)

会って、あの人の顔を見て、本当にこの気持ちが恋なのか確かめてみたい。

そう思って、誉の訪問を今か今かと待っていたが、こんなときに限って、誉はなかなかやってこないのだった。


待ちに待った、三度のインターフォンが鳴ったとき、ユキは庭の掃除をしていた。

(誉さんだ)

「はーい」と叫んで駆けていく。

庭からの声に気づいたらしい誉が、玄関脇の潜り戸から庭へと顔を出した。

「誉さん、いらっしゃい」

ニコニコと言ったユキだけれど、「ああ」と答えた誉の顔はどこか冴《さ》えない。どうしたの、とききかけて、はっとした。今日の誉は一人ではなかった。弁護士の沢村を伴っている。

「こんにちは、ユキさん」

「……こんにちは」

ユキはぺこりと頭を下げた。この人は苦手ではない。怖くはないけど、でも、誉ほど好きでもない。

「あの、オレ、お茶を淹れてくるね」

逃げるように台所へ引っ込み、お茶を淹れた。

……ドキドキする。誉に触れて、ふんわりしているときのドキドキとは違って、あまりいい気分ではない。それは沢村が来たせいかもしれないし、誉が難しい顔をしていたせいかもしれなかった。まるで、出会ったときに戻ったみたいに。

丁寧に淹れたお茶を急須ごとお盆に置き、湯飲みを二つ、水屋から取り出す。お盆にのせて持って行くと、二人は縁側に腰掛けて猫たちと遊んでいた。

「お茶、ありがとうございます」

ユキに気づいた沢村がニコニコと言う。笑顔なのに、なぜだか安心感がない。

(こんなこと思っちゃダメなのに……)

彼も誉の仲間なのに、疑ってはダメだ。ユキはこくりとうなずいた。

「ユキさん？　緊張してらっしゃいますか？」

ユキの顔を見て、沢村がたずねる。……緊張。

(そうなのかな)

そうかもしれなかった。そういえば、あの殴られた夜以来、誉以外の人間に会うのは初めてだ。一度植えつけられた人間への恐怖は思いのほか根深いのかもしれなかった。

「先日は、怖い思いをさせてしまいましたからね。その節は申し訳ありませんでした」

そつのない謝罪に首をかしげた。

「それ、あの怖い人のこと？」

誉といい、沢村といい、なぜ彼らは自分がしたことでもないのに謝るのだろう。怪訝な思いは表情に出ていたらしく、沢村は苦笑して「ええ」とうなずいた。

「変わりはないか？」

誉の問いかけに、「うん」と答える。彼が黙って帰って行ったあの朝から、何も変わっていなかった。

「今日は、おまえに大切な話があって来た」

誉が改まった口調で言った。最近聞かなかったほど固い声だ。

「……なに?」

何を言われるんだろう。身構える。逃げ腰になるユキを、強いまなざしが引き留めた。

「おまえの望みは、この家の犬猫たちの身の保証だったな」

「みのほしょう……」

「飼ってもらえるということだ」

「誉さんにね」

ユキが言うと、彼はふっと視線をそらした。

「俺じゃない。……が、家で飼っている動物たちには、ちゃんと里親を探すと約束する。だから、おまえも、自分のことにきちんとけじめをつけてこい」

真剣な表情と声音に戸惑った。

「あなたが飼ってくれるんじゃないの?」

「……俺はもう飼わないと言っただろう」

——ペットは自分より先に死んでしまうから。

先日の会話がよみがえった。犬のユキが彼につけた心の傷がまだ痛むと言うのなら、ユキにはどうしようもないけれど——。

「……けじめって？」

なんのことかわからずに首をかしげる。誉はなんとなく言いづらそうに視線を落とした。

「……おまえは不法滞在の外国人じゃないのかと、父たちが言い出している」

——不法滞在の外国人。

（って、なんだろう？）

「不法滞在」はわからないけれど。

「違うよ」

だって、外国人じゃない。本当は人間ですらない。ユキは猫だ。化け猫だ。

きっぱりと言い切る口調に、誉は苛立った表情を見せた。

「なら、戸籍なり、外国人登録証なり、見せてみろ」

「ないよ、そんなもの……」

「ほら見ろ」

誉ははっきりと苛立っていた。それ以上に焦っているようにも見えた。

「いくら調べても、おまえの経歴どころか、戸籍すらわからない。おまえも戸籍や外国人登録証を見せてくれない。家から出られないのは、警察に捕まるのが怖いからじゃないのか？」

たたみかけるように言われ、膝を見つめて拳を握る。

「違う」

「ユキ」

ふいに、誉はユキの両手を取った。あたたかい。大きな手で、ぎゅっとユキの両手を握った。

「俺はおまえの力になりたい。そのために、きちんとけじめをつけてこい。たとえ国に返されても、不自由しないように力を尽くす。俺はきっと会いに行く」

何を言われているのかわからなかった。でも、誉は真剣だった。真剣にユキのことを考えてくれているのだということだけは伝わってきた。

泣きそうになった。ユキだって、できれば、彼の望むようにしてあげたい。だけど、ユキは猫なのだ。化け猫なのだ。彼が望む、人間のルールにはあてはめられない。

「無理だよ」と首を横に振った。誉は絶望的な表情になった。

「なんでだ。俺はおまえの力になりたいんだ！」

「だったら、オレとここに住んで、みんなと暮らして」

「俺だってそうしたい！」

誉は叫んだ。そして、呆然とした表情になった。自分の口から飛び出した言葉が信じられないようだった。

唇を開いては閉じ、視線をさまよわせる。喉仏を何度も上下させ、あえぐように言葉を絞り出した。

「……だが、それじゃおまえは一生、犯罪者だ」

「違うよ。でも、オレは……」

ユキはただの化け猫だ。特別な力なんて何も持たない。この家を出れば、人間の姿ですらいられない、ただの猫だ。

「……」

言いかけて、気づいた。

(……つまり、オレがここにいなかったらいいの……?)

ユキが人間の姿でここにいることに問題があるなら——それで誉に迷惑をかけるなら、こんな悲愴《ひそう》な顔をさせてしまうのなら、自分が猫に戻ってしまえばいいのだ。

猫の姿に戻るなら、母親やきょうだいたちのように、外の世界でも生きていける。人間のルールにあてはめられることもない。

(……あなたには、会えなくなるけど)

この家を出たら、ユキは人間ではなくなってしまう。ユキの初恋はかなわない。それどころか、きっともう二度と会えない。

(だけど、あなたが好きだから……)

彼に迷惑はかけたくないから。

心を決めた。握られた両手で、彼の手を握り返した。

「約束して」

彼の目を覗き込むように見上げた。ドキドキした。やっぱり、好きだったんだなぁと思った。

この人のことが大好き。だから。

「誉さんは、この家に住んで。ここにいるみんなや、通ってくるみんなを、家族だと思って大事にして。それから、時々でいいから、オレのことを思い出して」

「……ユキ?」

怪訝そうな――どこか不安げな表情を見せる彼に、笑いかけた。

「そうしたら、オレはここを出て行くよ。迷惑はかけない。お金もいらない。みんなと、誉さんのために使って」

「ユキ、それじゃ何も解決しない」

「だいじょうぶ」とうなずいた。

「来て。誉さんにだけ、オレの秘密を教えてあげる」

そう言って、ユキは誉を立ち上がらせた。

「ごめん。誉さん以外の人には見せたくないんだ」

そう言ったら、沢村は来ないでくれた。いい人だ。

裏門のところへ連れて行く。扉を開けた。この扉をくぐれば外。ユキの体は猫に戻ってしまう。

見せるつもりだった。彼にわかってもらうにはもうそれしかない。最後にご主人様との約束を破ってしまうことになるけれど、しかたがない。ご主人様はきっと許してくれるだろう。ユキの大切な人のため。誉のためにすることだから。

誉を見上げた。どうしても、どうしても最後に伝えたくて、彼の両手を握った。

「ユキ」

何かを察したような声で、誉が呼ぶ。抜き差しならない表情でユキを見た。

視界はにじんでいたけれど、ユキは笑った。覚えておいてもらうなら、笑顔のほうがいいと思った。

顔を寄せる。これは、人間の、最上の愛を示すしぐさ。

唇に、そっと、唇で触れた。

「……ユキ……」

「誉さん、大好きだったよ。さよなら」

「ユキ!」

手を放し、門をくぐろうとした——その瞬間、向こうから入ってきた人の姿が目に入り、ユキは反射的に飛びすさった。

「おまえ……っ」

憎しみを込めた目がユキを睨む。誉が呆然と呟いた。

「父さんどうしてここに……」

誉の父、茂だった。痛みと恐怖の記憶に、体が硬直する。動かない。

「まだこの家にいたのか、泥棒猫め！」

「やめろ父さん！」

摑みかかってくる父親と、それを止めようとする誉。組み合う二人を呆然と見ていた。

体格は誉のほうが二回りほど大きいが、理性を残している誉に対し、父親のほうは本気だ。ユキも、ユキをかばおうとする息子さえも憎いという感情を隠そうともせず、本気で殴りかかってくる。

揉み合いになった。引き倒そうと摑みかかり、放させようと摑み合う。門の外へ押し出そうとする誉と、押し出されまいとする父親はギリギリと押し合い、立ち位置はたびたび入れ替わった。

ぐっと父親が全身に力を込めた。誉を車道へ突き出そうとする。

「あ……っ」

誉が車道へ倒れ込みそうになったところへ、車が向かってきた。ちょうど反対側を歩いていたおばあさんを避け、こちらに大きく膨らんで——。

静止画を見ているようだった。考えるよりも先に体が動いた。

「誉さん……っ」

誉の腕を摑み、全体重をかけて引き戻す。反動で体が向こうへ倒れた。その先は車道だ。

「ユキ！」

体がふわっと軽くなった気がした。

（ああ）

猫に戻ったのだ。

そう考えたのが最後だった。横殴りの衝撃がユキを襲う。そこで意識はバチンと途絶えた。

*

夢を見ていた。やさしい手に撫でられていた。あたたかくて、大きな手。

（ご主人様）

すり寄ると、耳の後ろを撫でてくれた。ユキが、撫でられるのが大好きなところ。

ご主人様。ご主人様。ご主人様……。

なつかしくて、うれしくて、涙が出た。もうどこにも行かないで。

お願いしようと顔を上げる。と、そこは家の縁側だった。いつの間に戻ってきていたのだろう。ご主人様は縁側の端に腰掛け、ユキを膝に抱いていた。笑っている。やさしく耳の後ろを撫でながら、「ユキ」とたしなめるときの声音で言った。

「約束を破ったね」

——約束。なんの約束だったっけ……？

覚えていないけれど、叱られたのがかなしくて、「ごめんなさい」と謝った。声は人間の言葉ではなかったけれど、ふしぎとご主人様には伝わったようだった。

「いいんだよ」と、ご主人様は言った。

「おまえが、おまえの好きな人のために選んだことなら、それでもいいんだ」

「……でも、ごめんなさい」

ご主人様にきらわれたくない。自分は何をしたのだっけ。ぼんやりとかすんで鈍い頭に焦りながら謝ったときだった。

どこかでユキを呼んでいる別の人の声がした。誰だろう。ご主人様はここにいるのに、確かに「ユキ」と呼んでいる。

「……やれやれ」

ご主人様は、しかたがないといった口調で言い、ユキを抱いて立ち上がった。

「おじいちゃん？」

「わしはもう行かないといけないからね。おまえがあんまりかわいそうだから、一緒に連れて行こうかと思ったけれど……ほら、あれを聞いてごらん」

家の表から「ユキ！」と呼ぶ声がする。知らない声。だけど、なぜか、慕わしい声。

「誰？」

ご主人様は苦笑していた。

「まったく。あいつは、ちょっとくらい待てんのか」

混乱しながらも、置いて行かれる気配を察し、ユキはあわてて首を振った。

「置いてかないで」

今度こそ残されたくない。ご主人様と一緒に行きたかった。もう寂しいのも、かなしいのもいやだ。ご主人様と一緒がいい。一緒に連れて行ってもらいたい。

ユキの頭をやさしく撫で、ご主人様は「いい子だね」と笑った。

「わしも連れて行きたいところだが、あいつもおまえがいいらしい」

「いやだ、連れて行って、おじいちゃん！」

「ユキ。ユキ……わしのかわいい子。あの子のそばにいてやっておくれ」

ご主人様はユキを何度も撫でたあと、門のほうへ抱いて行った。

門の下には男の人が立っていた。ご主人様によく似た面差しの、ずっと若い、男の人だ

——あの人を知っている。

「……誉さん」

その名前を呟いた瞬間、記憶がどっと戻ってきた。

ご主人様との出会い。別れ。入れ替わりにやってきた誉。

冷たい人、怖い人だと思っていた。実際、ユキはつらくあたられた。

だけど、彼はみんなのごはんを買ってくれた。ユキに人間のごはんを買ってきてくれた。

ユキを父親の拳から守ってくれた。抱きしめて、撫でてくれた——その、ぬくもりを覚えている。

「誉さん」

ご主人様の手から飛び出した。夢中だった。駆けて、彼の腕に飛び乗った。抱きしめられた。

「ユキ」

はっきりと声が聞こえる。誉さんの声だ。うれしくて、撫でてくれる指先を舐める。よく知る彼のにおいがした。ご主人様に——彼のおじいちゃんによく似た、でも、別の人のにおい。

「それじゃ、わしはそろそろ行くよ」

二人のそばを通り抜け、ご主人様が歩いていく。ご機嫌そうにニコニコしながら。

「おじいちゃん！」とユキは叫んだ。もう、連れて行ってもらおうとは思わなかった。それでも、お別れは寂しい。

おじいちゃんは誉に抱かれたユキの頭をわしゃわしゃと撫で、「しあわせにおなり」とほほ笑んだ。

「この家も、おまえのご主人様も、そいつにゆずろう」

そう言って、おじいちゃんは門の外へ出て行った。

誉とユキ、二人を残して。

*

「ユキ。ユキ」

名前を呼ばれ、目を開けた。目の前に人間の顔があってびっくりした。誉だ。彼はユキが目を開けたのに気づくと、一段と大きく叫んだ。

「ユキ！　大丈夫か！」

「え、何……？」

目の前で叫ばれると耳がキンキンする。ちょっと声量を落としてくれないかなぁ——などとぼんやり思っていたけれど、自分の声が「みぃ」と猫の声の音に聞こえて我に返った。

外だ。

落ち着いてくると、ツンと鼻をつく人工的なにおいが神経に障った。このにおいはきらい。おじいちゃんが病院から帰ってきたときにただよわせていたにおいだ。いったいここはどこなんだろう。見覚えのないところだった。

周りを見回すため頭を上げようとしたら、左手に――左前足に痛みが走った。見ると、白い布でぐるぐる巻きにされている。他人事のように考えた。

(けがしたのかな)

車とぶつかったのだから、そのくらいは当たり前だ。しかたなく視線だけをさまよわせる。やっぱり知らないところのようだった。見たこともない機械がたくさんあって、天井に取りつけられた明かりがやけにまぶしい。誉の向こうで、知らない人間がいっぱい動き回っている。

「にー」

どこ？ と、きいたつもりが、やっぱり猫語にしかならなかった。誉は「痛むか？」と、自分のほうが痛そうな顔をしている。痛いのは痛い……ような気がした。左前足と、おなかのあたり。でも、痛みは分厚い肉の壁の向こうにあるような感じで、ふしぎに鈍い。

「にゃぁん」

――たぶん大丈夫。

ユキの言葉は通じることなく、ただ誉を心配させただけのようだった。

「ああ、やっぱり痛むのか?」

「うにゃあ」

——大丈夫だから、ちょっと落ち着きなよ。

「先生、ユキは大丈夫なんでしょうか」

詰め寄る誉を片手でいなし、白い服の女の人が目の前に立った。

「はいはい、目が覚めましたねー。ユキちゃん、調子はどうかなー? ここ、痛くない?」

言いながら、ユキの腹部をそうっと撫でる。猫としてはあまり触ってほしくないところ、しかも今は鈍く痛む場所だ。でも、とてもやさしい手つきだったので、ユキは「にゃあ」と一声鳴いた。「ありがとう。大丈夫だよ」。

「先生」と呼ばれた女の人は、まるで猫の言葉がわかっているかのように、「元気そうだね」とほほ笑んだ。

「おなかを強く打っているので数日こちらに泊まってもらいますが、触ってみた感じ元気そうですし、レントゲンやエコーでは大きな損傷は見られなかったので、きっと大丈夫だと思います」

「……そうですか」

誉は今にも自分が死んでしまいそうな顔をしていたが、先生の言葉にほっと息をついた。

「よかった……」

心の底から吐き出すように呟く。その目にうっすらと涙がにじんでいるのを見て、ユキはひっくり返りそうに驚いた。

泣いている！　あの、誉が！

「うにゃぁ。にゃあ」

──誉さん、どうしたの。どっか痛いの？

「おっと。下りる？」

「にゃー」

──下ろして。

「先生」の腕から台の上に下ろしてもらい、誉の顔を覗き込んだ。

「猫ちゃんに心配されてますね」

先生が横で苦笑している。「ちょっとようすを見て行かれますか？」とたずねられ、誉はうなずいた。

「そうさせていただけるとありがたいです」

ピンクの服を着た別の女の人が、「では、奥のお部屋をご案内します」と声をかける。

「ユキ、おいで」

誉の腕に抱き上げられた。大事に大事に、両手で守ろうとするように、そうっと。おじいちゃんにだって、ここまで大事に抱かれたことはない気がする。

誉の心臓の音が聞こえて、安心した。うれしい。好き。しあわせなのに、胸の奥がきゅんと苦しい。

抱かれたまま、別の部屋に運ばれる。案内してくれた女の人がいなくなると、そうっと、そうっと、羽で体を包むように抱きしめられた。

「ユキ……ユキ……」

喉の奥から絞り出される誉の声が、あんまり苦しそうで心配になる。

「にゃーあ」

——どうしたの。大丈夫？

「痛かっただろう。すまない」

「にーあ。にー」

——大丈夫だよ。大丈夫。

動くには体が重く感じられたので、顔だけを上げて彼の指先を舐めた。いたわりを込めて。

誉の顔が大きくゆがんだ。

「俺の心配なんかしている場合か。車にはねられたんだぞ。猫のくせに……こんな小さい体で、人間をかばうんじゃない」

再び彼の目から涙が落ちる。

「にー。にー。にー。にー」

——誉さん、誉さん、泣かないで。泣かないで……。

なぐさめようと指を舐め続けるけれど、彼の泣き顔はますますひどくなる一方だった。

「すまなかった、ユキ……」

ユキの後頭部を撫でながら、彼は何度も繰り返した。

「すまなかった。本当にすまなかった……」

何度も、何度も。

「んにゃぁ」

——いいんだよ。

だって、あなたが好きだから。好きな人を守れたのだから、それでいいのだ。

それより、彼に聞いてほしい。夢でおじいちゃんに会ったこと。おじいちゃんが、あの家とユキの「ご主人様」を、誉にゆずると言っていたこと。今度こそ、自分とみんなのご主人様になってほしいこと——。

だけど、ユキの声は猫の言葉にしかならなかった。

白い部屋には、いつまでも小さなユキの鳴き声が響いていた。

6

ユキのけがは左前足の骨折と腹部の打撲だけということで、五日後には先生の病院から家に帰れることになった。ユキは家から出たことがなかったから知らなかったが、車にぶつかった動物は死ぬこともめずらしくないのだと、入院仲間の動物たちに聞いた。それを考えると、自分はずいぶん軽いけがですんだらしい。

誉は毎日仕事帰りにユキのようすを見に来てくれた。毎晩ユキをやさしく撫でては、「早くよくなれよ」と声をかけてくれた。宝物を扱うような手つきと、溶けそうにやさしいまなざしにドキドキした。

最初は彼の豹変《ひょうへん》ぶりに戸惑ったが、次第に慣れた。犬のユキのこともあるし、きっとこれが本来の誉なのだ。何より、彼にやさしくしてもらえるのがうれしかった。好きな人にやさしくされるのは、とてもしあわせだ。

退院日、誉は自分の車でユキを迎えに来てくれた。ケージに入れられ、先生の病院をあとにする。狭いケージに入れられるのも、車に乗るのも、去勢手術のとき以来で、ユキはそわそわと落ち着かなかった。運転席で、誉が「少し落ち着け」と苦笑している。

車は停まったり動いたり、右へ曲がったり左へ曲がったり……そのたびにユキはケージの内側に頭をぶつけ、しまいには気分が悪くなった。もう早く降りてしまいたい。

「にゃあ！」

――降ろして！

だが、言葉は通じず、誉は「おとなしくしてろ」と言うだけだった。

永遠にも思える苦行のあと、車はやっと停まって動かなくなった。

「着いたぞ」

誉が先に車から降りていく。開いたドアからは、なつかしいにおいが入ってきた。

「うちだぁ」

今まで自分の家のにおいなんて意識したこともなかったけれど、よそから帰ってくるとはっきりわかる。うれしくて、ユキはギプスに固められた脚にもかまわず、ケージの中をうろうろした。もう待てない。早く中に入りたい。みんなは変わりないだろうか。

「いい子だから、じっとしていろ」

誉は苦笑しながらガレージに車を入れ、ケージごとユキを持ち上げた。

(もしかしてこのまま家に運び込むつもり？)

「え……え、ちょっと待って。このままじゃまずいって……っ」

ユキはあわてた。小さな猫用のケージの中で人間になってしまったらどうなってしまうのか、想像もつかない。必死でにゃーにゃー騒いでいると、ようやく誉が気づいてくれた。

「どうした?」

「出して!」

ケージの扉の留め具をカリカリ引っ掻いて訴える。

誉はよくわからない顔をしていたが、「出たいのか?」と、やっとケージを地面に下ろし、扉を開けてくれた。だが、逃げるのを警戒しているのか、「おいで」と直接抱き上げられてしまう。大事そうに両腕で抱えられた。

「ちょっと! 下ろして! このままじゃまずいよ!」

「こら、いったいなんなんだ。もうちょっとだからおとなしくしていろ」

もがきながらも、とうとう門の横の潜り戸を通り抜けてしまう。その瞬間、体がどっと重くなった。

「なんだ……!?」

重力にしたがい、墜落しかけたユキの体を、誉があわてて抱き直す。すんでのところで、地面に衝突するのは避けられた。けど。

「……」

「………、ごめんなさい……」

彼の腕に抱かれた体勢で見つめ合う。一糸まとわぬ姿で。

猫ならなんてことないのだが、人間だと非常にまずい——ということは、数ヶ月の人間生活で知っている。

かーっと顔に血が上った。誉も気まずそうな顔をしている。自分にヒト並みの羞恥心というものが生まれていることに驚きながらも、ユキは顔を伏せ、できるだけ体を縮こまらせた。

「……あの。服着てくるから、下ろして……」

「ああ……いや、おまえ、靴がないだろう。このまま運んでいってやる」

前に彼の父親に殴られたときには「抱えるのは無理だ」なんて言っていたのに、誉はユキを軽々と抱え直した。猫として抱かれているときにも思ったけれど、おじいちゃんよりずっと太くたくましい腕だ。

彼はユキを抱えたまま、危なげなく玄関へ向かった。

「俺のポケットに鍵が入ってるから取ってくれ」

「これ?」

抱かれたまま、誉のズボンのポケットから玄関の鍵を取り出す。苦しい体勢で鍵を開けながら、ふいに誉が笑いだした。

「何?」

「いや……」

怪訝な顔のユキを抱いたまま、誉は困ったように笑っている。

「ユキ。おまえ、最初に人間に化けたのは、じいさんが病気で倒れたときだと言っていたか？」

「そうだよ。おじいちゃんがいきなり血を吐いて倒れて、それでオレ、とにかく誰か呼ばなきゃって……」

「そのとき、裸で人を呼んだだろう」

「え？　ああ、うん、そう、だったかな……？」

いや、たぶんそうだろう。だって、あのときのユキは知らなかったのだ。人間は服を着ないと恥ずかしいって。

うなずき、「……あ」と気がついた。もしかして。

見上げた誉は、苦笑でうなずいた。

「噂《うわさ》になっていたんだ。あの裸の金髪男は誰なんだ、ってな。それで、ますます親戚一同、おまえに不信感を抱いていた」

「あー……」

どうりで初対面から警戒されていたはずだ。

知らないうちに自分の行動が、おじいちゃんの名誉に傷をつけていたとわかり、ユキはうなだれた。

「ごめん。人間は裸でうろうろするとまずいんだって、おじいちゃんに教わるまで知らなくて……」

「事情はわかった。まずは服を着てこい」

「うん」

そっと框に下ろされた。誉と二人きりでも、やっぱり服は着ないといけないらしい。

「ただいまー。帰ったよ」

とたとたと寝室に向かう。物音を聞きつけて、家のみんなが集まってきた。

「ユキ！」

最初に飛びついてきたのはスミで、

「大丈夫か？」

「けがは？」

「もう帰ってきて大丈夫なの？」

集まってきた犬猫たちも、足下にまとわりついてくる。

「ただいま。心配かけてごめんね。ごはんはちゃんともらってた？」

たずねると、光圀じいちゃんが答えた。

「心配するな。あの人間が通ってきていた。ちゃんと、おまえがやっていたように、鯉や外の猫たちにも飯をやっていたぞ」

「『あの人間』って、誉さん？」

「そうだ」

「そっか」

彼がお世話をしてくれていたのか。いいことを聞けて、胸の奥がほわっとあたたかくなる。

「ユキ、車とぶつかったと聞いたが……」

「うん。でも、大丈夫だよ。ただ、左前足の骨が折れちゃったから、なかなか帰ってこれなくて」

ギプスの取れてしまった左腕をぷらぷら振って見せると、スミが悲鳴のような声を上げた。

「左前足って、大変じゃないの！」

「大丈夫だよ。じっとしてれば、折れた骨もくっついて、元どおり歩けるようになるんだって。車とぶつかっちゃうと、へたしたら死んじゃうやつもいるって聞いたから、オレは運がよかったんだと思うよ」

話しながら押し入れを開け、服を取り出した。パンツとTシャツとジーンズ。……取り出して、困った。着られない。

「いった……！」

「どうした？」

ジーンズを穿《は》くのに四苦八苦していたら、誉がようすを見にやってきた。

「大丈夫か？　悲鳴が聞こえたが」

「前足……腕が痛くて着られないよ」

「ああ、そうか」

気づいた彼が、服を着る手伝いをしてくれる。ジーンズは穿けたが、Tシャツは無理だった。しかたなく、誉のジャケットを羽織らせてもらう。家の中はひんやりしていたので、日の当たる縁側の端に並んで座った。

「もう一度、病院に戻って、脚を固定し直してもらわないといけないいな」

誉が、やれやれとため息をつく。

「そうだね。気がつかなくてごめん」

「しかたない。猫じゃ意思の疎通もできないからな」

言いながら、誉はふっと息をついた。

陽光の中でも黒く見える瞳が、深淵《しんえん》を覗き込むようにユキを見つめた。

「きいてもいいか」

「オレに答えられるかどうかはわかんないけど」

誉は真面目な顔でたずねた。

「おまえは、猫なのか？　それとも人間か？」

「えー……、うーん……」

難題だ。猫にも人間にもなれるけれど、普通の猫でも人間でもない。

「わかんない」と答えると、「そうか」と失笑された。

「こうしてみると、どう見ても人間だがな」

「そうだね。でも、もともとは猫なんだよ」

「猫だったな……」

誉は困惑を隠さない表情で呟くと、額に手をあて、ハァと深くため息をつく。

「……俺は、非科学的な話はきらいなんだ」

「ひかがくてき？」

「人間の知識や技術で説明がつくこと以外は苦手だと言っている」

「化け猫は非科学的？」

「そうだな」

「そっかぁ……」

きらいかぁと思ってうつむいた。「愛人」はダメで、「非科学的」でもダメ。誉に好きになってもらうのは難しい。

ユキの表情を見た彼は、「ああ、いや」と、ばつが悪そうに視線をさまよわせた。

「勘違いするなよ。おまえのことがきらいだと言っているわけじゃない」

「本当?」

思わず彼の顔を覗き込む。

「オレのこと、きらいじゃない? 気持ち悪いって思わない?」

「まさか」

誉はにじむように苦笑した。膝に置かれていたユキの右手をそっと握る。物言いたげな目でユキを見つめた。

「……ずいぶん前から、おまえが、じいさんの愛人じゃなければいいと思っていたんだ」

「……? うん」

話のつながりがわからないけれども、うなずいた。そんなユキを、誉は苦笑を浮かべて見つめている。

「父親はわからないと言っていたな。両親は地域猫か?」

「お父さんは、本当にわかんない。野良猫か、通りすがりの家猫かも。お母さんはよく庭に来てるけど」

「生まれたのはこのすぐ近く」

「っていうか、あそこの」と、庭の隅の木陰を指さした。「屋敷神様の祠の中だよ」

「……」

誉はしばらく目を伏せると、もうひとつ深いため息をついた。

「おまえは、じいさんのために人間になったんだな」

「そうだよ。なんとかして助けを呼びたくて、屋敷神様にお願いしたんだ」

「そうか……。だから、人間になれるのはこの屋敷の中だけなのか」

「そうみたいだね」

「それなら、おまえはじいさんの恩人じゃないか」

ため息が止まらないようすで、誉はちょっとうらめしげにユキを見た。

「……それならそうと、もっと早く言ってくれればよかったんだ。そうしたら、いろいろ誤解して傷つけずにすんだ」

「そりゃ、そうだけど……」

思わず唇をとがらせる。

「だって、おじいちゃんが、『隠しておくんだよ』って何度も言うから。『化け猫だなんてばれたら、気持ち悪がられてひどい目に遭わされるから、けっして、わし以外の前で化けてはいけないよ』って。オレ『そうするよ』って約束したから……」

「だが、俺にくらいは……」

言いかけ、誉は言葉を切って、またため息をついた。何か考え直したようだった。

「……そうだな。会ったばかりのときに言われても、絶対に信じなかっただろうな……」

「非科学的な話はきらいだから？」

「そうだ」

見つめ合う。どちらからともなく苦笑が漏れる。

ついでに、ユキはずっと気になっていたことをたずねた。

「誉さんのお父さんには見られちゃったかな？　オレが人間から猫になるとこ」

あのとき、その場に彼の父親もいた。他でもない、ユキがけがをする原因になった人だ。

だが、誉は「いや」と、首を横に振った。

「あの人は俺を突き飛ばした反動で尻餅をついていたからな。ちょうど俺の陰になってて、おまえのことはよく見えなかったらしい。あのあと、おまえがどこに行ったのか、だいぶしつこく探していたが……今、人間の『ユキ』は行方《ゆくえ》不明ということになっている」

「そう。なら、よかった」

ユキは胸を撫で下ろした。自分の存在がなくなることよりも、化け猫だとばれていないことのほうがずっと大事だ。

ユキの右手を両手で包み込むように持ち変えると、誉はため息に混ぜて呟いた。

「……おまえは、じいさんの愛人じゃなかったんだな……」

「え？　そうなの？」

愛人だと言ったり、違うと言ったり、「愛人」っていったいなんなんだろう。ユキにはやっぱりよくわからない。

首をかしげると、誉はおかしそうに笑った。

「おまえ、じいさんと寝てはいないだろう」

「寝る？　のは、したよ。スミと、三人一緒にお布団で寝た」

猫の仕事は、寝て、遊んで、かわいがってもらうことだから。

「……そういう意味じゃない」

誉は少し困ったように笑って、ユキの頭をそっと撫でた。耳の後ろ。後頭部。そこから肩へ続くなだらかな坂——猫でもとても気持ちいい場所だけれど、人間でもやっぱり気持ちいい。

うっとりと目を伏せる。「ユキ」と呼ばれて視線を上げる。上向く唇に合わせるように、自然に誉の唇がユキに触れた。

（あ、これ……）

キス、だ。人間の、最上の愛情を示すしぐさ。

びっくりした。でも、うれしくて、ふわふわする。

やさしくされるのは好き。撫でられるのも好き。おじいちゃんも大好きだったけど、誉のことは、おじいちゃんへの「好き」とは全然違う、特別な「好き」だ。彼にキスされるのはしあわせで、うっとりしてしまうのに、心臓がドキドキと激しく脈打っている。

そういえば、お銀さんが言っていた。

——恋は体じゃなくて心でするものよ。

(本当だぁ)

恋をすると、うれしくて、ふかふかして、それなのにちょっとせつない感じもして、こんなに胸がいっぱいになる。

「……、……」

唇の表面をすり合わせ、いつくしむようにやわらかく食《は》まれた。左手は、まだユキの後頭部を撫でている。

やがてそうっと離れた唇が、かすかにほほ笑んだ。

「こんなことは、じいさんとはしていないだろう?」

「うん……」

ぼうっと熱に浮かされたような心持ちでうなずいた。確かに、こんなことはしたことがない。おじいちゃんとも、他の誰とも。

「初めて、だよ」

誉が初めての相手だった。正しくは五日前、お別れのつもりで贈ったキスが初めてだった。

たどたどしいユキの言葉に一瞬停止した彼が、ふわっと表情をくずす。なぜかちょっと困ったような、でも、とてもやさしい笑みだった。

「……なら、俺がおまえの恋人になってもいいんだな」

後頭部をくすぐるように撫でながら、彼が言った。「うん」とうなずく。

「化け猫でもいいの？」

ユキの質問に、彼はやっぱり困ったように苦笑した。

「化け猫でも、おまえがいいんだ」


それからユキは誉の車で病院に戻り、先生にお説教されながら、脚の骨を固定し直してもらった。

折れてしまった骨が完全にくっつくまで三ヶ月弱。ユキは猫の姿のまま、誉のマンションで生活した。お屋敷に戻ったらギプスがはずれてしまうのだからしかたがない。それに、猫のほうが人間よりも回復力が強いので、猫の姿でいるほうが脚の治りも早いだろうと、誉は言っていた。

誉が仕事の日は留守番の時間が退屈だけれど、体を休めるにはちょうどよかった。おいしいごはんをたっぷりもらい、心ゆくまで撫でてもらって、遊んでもらって、一緒に眠る。

誉は、ユキの雪白の毛並みがたいそうお気に召したらしく、何をするにもユキを膝に乗せて撫でたがった。一緒にいるときは片時も離したがらない、彼の執着がうれしい。けれども、ちょっとうっとうしい——なんて、本当に贅沢な悩みなのだけども。

結局十日もたたないうちに、ユキは自分の好きなように振る舞うようになり、時に誉を嘆かせた。恋人というよりは、飼い主と猫らしい三ヶ月だった。

穣の屋敷の相続については、人間の「ユキ」の失踪により、ちょっと揉めたようだった。だが、沢村の尽力もあり、結局誉が相続することになりそうだ。犬猫たちと鯉の世話を引き受けることを条件に、誉が屋敷をゆずり受けることで決着がつきそうだと聞いた。誉はユキの治療が終わったら荷物をまとめる準備を始め、ゆくゆくはあちらへ居を移すつもりだと言う。

そうして迎えた、三ヶ月目の検診日。

「はい。じゃあ、ギプスをはずしますね。痛かったら教えてね」

先生はそう言って、ユキの左前足からギプスをはずしてくれた。自由になったはずなのに、なんだかすうすうして物足りない。違和感に、前足をぶらぶら振ってみる。

「歩けるかな?」ときかれ、試しに治療台の上を歩いてみた。確かに左前足をかばわなくても普通に歩ける。

「にゃぁん」

——大丈夫そう。

先生はにこやかにうなずいた。

「大丈夫そうですね。では、これで治療は終わりです。よく頑張ったね」

頭を撫でられ、もう一度「ありがとう」と鳴いた。誉が「ありがとうございました」と頭を下げている。

「ユキ、おいで。帰るぞ」

呼ばれて、自らケージに入ると、先生はくすりと笑った。

「ユキちゃんは、かしこい猫ちゃんですね。まるで大義さんの言うことがわかっているみたいです」

みたい、というより、実際わかっているのだけど。この人だって、動物の言葉がわかっているのではないかと思わされるふしがある。

「にゃあ」

——ありがとう。

お礼を言って、病院をあとにした。

三ヶ月ぶりの自宅へ帰る。季節はもうすっかり夏だ。誉と二人きりのマンション暮らしもよかったけれど、やっぱり生まれ育った家が待ち遠しい。ユキはまたケージの中でうろうろして、誉に「落ち着け」と失笑された。

「おいで」

ケージから出してもらい、誉の腕に大事に抱かれて潜り戸をくぐる。ポンッと人間の姿になったユキに、誉が笑いながら頭からTシャツを着せてくれた。女の人が着るみたいな、裾の長いやつだ。とはいえ、脚があらわになってしまい、これはこれでなんだか危うい。

「ほら、先に行け」

背中を叩いてせき立てられ、揺れる百日紅《さるすべり》の下を駆けて、玄関に飛び込んだ。

「ただいま！」

「おかえり」

あとから入ってきた誉は、まだおかしそうに笑っている。ユキはむくれた。

「……いや、悪い」

言いながら、肩を抱き寄せられる。

「……もう」

いいけど。会うたびにいやーな顔で冷たくあしらわれていた頃を思えば、理由はどうあれ、彼が笑いかけてくれるだけでうれしいのだけど。

唇をとがらせたら、その先にちょんっと軽く口づけられた。ご機嫌をとるみたいに。

間近に見つめ合う。ひさしぶりに、抱き上げられなくても視線の高さが近い。彼の真っ黒な虹彩に、自分が映っているのが見えた。白に近い金色の髪にブルーの目。その自分を、彼は大事そうに瞳の中に閉じ込めている。

彼も、彼の目の中の自分もキラキラして見えて、ユキは両手を彼の頬に添え、覗き込んだ。ユキが笑うと彼も笑う。しあわせなのに、なぜか胸がきゅっとする。

どちらからともなく唇を近づけた。

「……おかえり」

「うん。ただいま」

キスの合間に、もう一度ささやき合う。ぎゅうっとしがみつくと、しっかりと抱きしめ返された。

それから、

「わっ……！」

だしぬけに膝から抱き上げられ、ユキは誉の頭にしがみついた。鴨居で頭を打ちそうになり、あわてて首をすくめる。

「誉さん⁉」

「おまえら、ちょっとどっか行ってろ。邪魔するなよ」

足下に寄ってきた光圀たちを、いつになくぞんざいな口調で散らし、誉はユキを抱えたまま風呂場へ直行した。

「ちょっと、何⁉」

着たばかりの服をまた脱がされそうになる。風呂に入れようとされているのだとわかって、ユキは抵抗した。

「ヤダ！　お風呂ヤダ！」

「やだじゃない、入れ。まさかおまえ、今までも風呂に入ってなかったんじゃないだろうな⁉」

「毛繕いはしてたもん！　人間のときだって、おじいちゃんが言うから、毎日体は拭いてたし！」

「……。だが、準備はできてないだろう」

「準備？」

――って、なんの？

わけがわからず動きを止めた隙に、頭からTシャツをスポンと抜かれた。

「あっ。ちょっともう、それ返し……ひゃあっ」

するりと脇腹のラインを撫で下ろされて、身をすくめる。猫のとき撫でられるのが苦手な部分は、基本、人間になっても変わらない。

「やめてよ」

「やめない」

きっぱりと言われ、戸惑って誉を見上げた。じりじりと視線で焼かれそうな熱いまなざしで、彼はユキを見つめている。いきなりいじめられているようで、本当にわけがわからなかったけれど、これは違うと本能で理解した。いじめられているわけではないのだ。たぶん。

「……何？」

「抱きたい」

「？　どうぞ……？」

抱っこ、と、両手を差し出した。

誉は一瞬あっけにとられた顔で停止し、噴き出した。かと思うと、力一杯抱きしめられる。もてあました愛情を注ぎ込むみたいに。

彼はユキの耳元でささやいた。

「セックスしたいって意味だ」

「せっくす」

――って、何？

首をかしげたユキに、彼はなんだかうらめしそうな顔になった。

「おまえ、それはわざとか……？」

「だから、何？」

「本気か」

わざとのほうがましだったという顔と声でうめき、彼は額に手をあてた。前髪を手荒く掻き上げ、その下からユキを見る。「熱い」を軽々通り越し、ぐらぐら沸騰しそうな視線だ。

（あ）

唐突に、本能が正解を導き出した。

（誉さん、発情してる）

濡れた強い目。上気した頬。独特の熱とにおいを放出する体。間違いない。彼はユキに欲情している。

気づいた瞬間、彼の欲情が乗り移ったかのように、ユキの体も熱くなった。かーっと内側から体温が上がり、出口を求めて渦巻く。初めての発情に酔っ払ったようになりながら、恋人を見上げた。

「するの？　交尾」

「交尾って………」

誉は絶句していたが、なんとかといったようすでうなずいた。

「まあ、そういうことだ」

「オス同士なのに？　それにオレ、できないよ？」

ユキのペニスはすでにゆるく勃《た》ち上がりかけている。けれども、その根元にあるはずの双袋はない。猫として受けた去勢手術の結果だ。ユキはオスだけれど、男性機能はない。

誉に求められているのに応《こた》えられない。悄然《しょうぜん》とするユキに、誉は「だいじょうぶだ」とささやいた。背骨をひとつひとつ数えるように、そろそろと指が下りていく。

「んっ……」

猫なら尻尾のあるあたり。触られるとぞわぞわする。内側にある快感を、肉の外から撫でられている感じ。親指と人差し指、中指でそのあたりを揉みながら、あるタイミングで、一本、人差し指がさらに下がった。

「あ……っ。そ、んなとこ……っ」

「わかるか？　ここ。風呂でちゃんと準備したらできる」

「えええ……!?」

信じられない！　しかも、その穴を使うということは、ユキはメスの役割をすることになるのだろうか？

混乱し、思わずすがるように誉を見た。発情した目がユキを見返す。それを見るだけで、ぐっと下腹が重くなった。もう、どうにでもしてほしい。動物的な反応に、自分で戸惑う。ユキは猫なのに、今は誉のほうがよほど動物っぽい。

「ほしい。おまえのここに俺のを挿《い》れて、中を思い切りこすって、出してやりたい。かならず気持ちよくさせてやる」

低く錆《さ》びた、発情を誘う声。聞いているだけで、ユキの性器は半分ほど勃ち上がってしまった。じんじんする。――どうしよう。触ってほしい。前も、後ろも、体全部。

彼にしがみつきながらうなずいた。

「……いいよ」

誉がユキに発情してくれるというのなら。ユキの体でも彼に応えられるというのなら、メス役でもかまわない。してみたい。されてみたい。

「いい子だ」

濡れた声でささやきながらキスされた。熱い舌が、許しを請うように丁寧に、ユキの唇を舐める。気持ちよさにうっとりしていたら、開いた隙間から舌が入ってきた。

口内を舐め回されると、誉のにおいが強くなる。自分の中に彼のにおいが混ざり込む。それがものすごくいやらしく感じられた。においに煽《あお》られ、ユキの体は完全に発情した。したくてしたくてたまらなくなる。まるで、彼のフェロモンにあてられたように。

「しよ。して。いっぱい触って……っ」

誉の首に両手を回し、自分から誘った。彼は一瞬目を瞠ったが、次の瞬間には、男っぽい笑みを見せた。

「ああ。全部触ってやる」

言いながら、さらに深いキスをする。口の中に彼のにおいをつけられることに、ユキが夢中になっているうちに、彼も服を脱いで全裸になった。風呂のドアを片手で開ける。

「入れ。体を洗ってやる」

「えっ、ヤダ」

「きれいにしなくちゃできないんだ」

そう言って、洗い場に押し込まれた。

頭上から雨粒みたいな水が降り注いだ。あったかい。水を浴びるのは苦手だけれど、溜まったお風呂にじゃぼんと突っ込まれるよりはまだましだ。

全身を濡らすと、誉は脇に置いてあったボトルから、石鹸を手に押し出した。ユキは人工のにおいが苦手だが、好みを心得たように、ちゃんと我慢できるものを選んである。周到さに、彼の愛情と熱意を感じた。

ユキの手にも石鹸を落として、彼が誘う。

「ほら。おまえも俺の体を洗ってくれ」

「これを泡立てて触ればいいの？」

「そうだ」

言いながら、彼は両手でユキの髪を泡だらけにした。泡まみれの髪のあいだを、彼の指がするする通る。頭皮を直接指で撫でられる感触は、思いのほか心地よかった。お風呂が好きになりそうなくらい。

「泡を流すから、目を瞑れ」

「ん」

従順に目を瞑る。やさしい手つきで泡を洗い流される。

「もういいぞ」

おまけにキスがついてきた。目を開けると、目の前で誉が笑っていた。

「いい子だ」

えへへ、とユキははにかんだ。誉にそう言ってもらうのは、猫でも、人間でも、変わらずうれしい。

石鹸でぬめる手で、互いの体を撫でていく。誉の手は紳士的だが、時折意思をもってユキの気持ちいいところをくすぐった。耳の後ろから顎のライン。胸のとがり。腰骨の上。それから、見えない尻尾の付け根。

「誉さん……」

体がどんどんとろけていく。誉の手がユキのペニスにたどり着く頃には、彼の体にすがりつくような体勢になってしまっていた。

誉はユキのペニスから双丘のあわい、果ては秘所まで暴いて清潔にした。そこを直接湯でゆすがれるのは恥ずかしくてたまらなかったが、彼が「する」と言うのだからしかたがない。肉食獣に食われる草食動物のように、ユキは誉にすべてを許した。

「よく頑張ったな」

初めて触られる場所に緊張して、羞恥に悶《もだ》え、くったりと脱力した体を抱き上げられる。バスタオルでくるまれ、寝室まで運ばれた。

「おいで」

おざなりに敷いた布団に引っ張り込まれる。彼の腕に抱き込まれた。全身を包むように撫でられる。

素肌が触れあうのが気持ちよかった。人間の肌って、こうやって、好きな人の体温や脈動を直接感じるのにはぴったりだ。互いの体温が溶けて、なじんで、次第に高くなっていくのがよくわかる。立ちのぼるにおいに、ユキはうっとりした。誉のにおいと自分のにおいが混ざり合う。なんて素敵なんだろう。

誉は、双袋のないユキの性器をそっと片手で包んで撫でた。

「あ……、誉さん……」

「気持ちいいか？」

「うん」

うなずくと、彼は口元でかすかに笑った。一見やさしく見えるけれど、その目は獰猛《どうもう》な情熱を覗かせている。

彼は横抱きにしていたユキの体を仰向《あおむ》けにさせると、両足のあいだに体を割り込ませた。

体を下にずらして、ペニスの先端にキスを落とす。

「あ……っ」

彼の口腔に迎え入れられる。鮮烈な快感に、ユキは目を見開いた。

「あっ、あ、何これ……っ」

あまりにも甘美な感覚に、意識のすべてを支配される。ペニスの快感を追うしかできない。どんなに小さな動きでも、誉の舌使いがすべてわかった。唾液で満たした口内で、あやすように撫でられている。

「誉さん、誉さん……っ」

体を丸めるように、彼の頭に抱きついた。

「誉さん、オレにもさせて……っ」

ユキの訴えに、誉がそこから唇を離した。ちょっと戸惑うような顔をしている。

「……したいのか？　これが？」

「うん」

「どうして」

「だって、すごく気持ちいい……」

ユキがうっとりと答えると、彼は愛《いと》おしげに目を細めた。額に張りついたユキの前髪を、大きな手で掻き上げてくれる。鮮やかな桃色に染まっている先端にキスされた。

「なら、気持ちよくなっていればいい」

「オレも、あなたを気持ちよくしてあげたいの」

ユキの言葉に、誉は目を瞠り、ほろっとやさしく笑った。

「じゃあ、一緒にしてみるか?」

「うん」

「おいで」

導かれるまま、誉の上にうつぶせになる。彼の眼前に自ら急所を差し出す姿勢は、思った以上に恥ずかしかった。だが、それにも増して、目の前の光景に意識を奪われる。

黒々とした草叢《くさむら》から勃ち上がった彼のペニスは、ユキのものとはまったく違うかたちをしていた。太く、長く、巨《おお》きさだけでも倍ほども違う。血管の凹凸がはっきりしていて、赤黒く、見るからに熱そうにぬめっていた。大人のオスの迫力に、ユキは圧倒された。

(あ……)

濃いにおいがユキを包む。愛しい人の発情したにおい。頭の芯がぼうっとなり、心の端から何かがトロリと溶け出していきそうだ。

おそるおそる手を添えた。軽く触れただけなのに、そこだけ別の生きもののようにビクビクと震える。自分についているものとはまったくの別物だ。おっかなびっくり、こすってみた。

「わ……」

　とぷりと白濁混じりの体液があふれてきて、一層オスのにおいが強くなった。彼が感じてくれている。それがうれしくて夢中になる。手で触れるだけでは飽き足らなくなり、彼がしてくれたのを思い出しながら舐めてみた。ざり、と舌がこすれる感触。彼が小さく息を詰める。

「気持ちいい……?」

「ああ、いいよ」

　吐息混じりの声が艶っぽかった。やわらかく耳の後ろを撫でられる。うれしい。初めてだけど、猫だから、舐めることについては人間よりうまい自信がある。

　思い切って先端を口に含んだ。濃厚なオスのにおいが鼻に抜ける。味覚としてはおいしいものではないけれど、誉のにおいにはうっとりした。強いオスのにおいに包まれ、メスのように発情する。腹の奥がじくじくと熱く疼《うず》いた。早く触ってもらいたい。

「ね、誉さんも触って……?」

　一度彼を口から出して、振り向き、ねだった。そんなユキの媚態《びたい》を見つめ、彼はどこか苦いような表情でほほ笑んでいる。発情した大人の表情。ものすごく色っぽい。ざわっと甘いしびれが背骨を駆けた。

「お願い」

もう一度ねだる。媚《こ》びた声が恥ずかしい。でも、彼の笑みは満足そうだった。

「かわいいな」

笑いながら、ユキの双丘に手を伸ばす。

「あ……っ」

秘所の周りをぐっと恥骨に向けて押し込まれる。ものすごく気持ちいい。ぐいぐいと揉まれているうちに、中が疼いてたまらなくなる。秘蕾《ひらい》が開いたり閉じたりしているのがわかった。

「誉さん、そこ……っ」

「欲しいのか?」

笑みを含んだ声で、彼がたずねた。こくりとうなずくと、含み笑いで、ささやいた。

「本当にかわいい」

「アッ……!」

浴室で散々にほぐされていたそこは、少し強く押さえるだけで、すんなりと彼の指を受け入れた。ぐちゅりと中のローションが鳴る。気持ちいい。中と外から恥骨の先端を指で摑まれると、抑えきれなくなった快感がはじけ出たような感じがした。

「ああぁっ!」

弓のように背をそらす。しゅるんと揺れるものが視界をよぎる。ああ、と思った。

誉が、さすがに驚いたように呟く。

「尻尾……耳もか」

「ごめん、出ちゃった……」

目の端で、ゆらゆらと白い尻尾が揺れている。ついでに耳も飛び出してしまっていて、ユキは思わず両手で隠した。こんな、いかにも人間じゃありませんという格好になってしまって、不安になる。化け猫の恋人なんて。

「気持ち悪くない……？」

「まさか」

誉はすぐさま否定してくれた。

「安心しろ。ものすごくかわいいぞ。別の意味で危険だけどな」

「別の意味？」

「俺の理性がもちそうにない」

小さく笑い、左手でそうっと尻尾を撫で下ろす。

「ひぁっ……！　やめてっ」

ぞわっと全身の毛が逆立つ感じがして、ユキは思わず彼を睨んだ。

尻尾を撫でられるのは苦手だ。神経をそのまま触られている感じがする。とてもデリケートな場所だから、そうそう他人には触らせない。誉だから蹴り飛ばさずに我慢できたようなものだ。

「やっぱり、尻尾を触られるのは苦手か？」

「うん」

「かわいいんだけどな」

「ほんとやめて」

「なら、ここは……？」

言いながら、尻尾の付け根を親指でくっと押された。さっきまで何度も強く押し込まれていた場所だ。反射的に体がしなる。

「あっ……!?」

「いいのか？」

「うん……そこは気持ちいい……っ」

素直にうなずくと、中に沈められていた指も再び動き出した。

尻尾の付け根をいじめながら、中の指を抜き差しされる。長い指が丁寧に腹側の襞《ひだ》を探っていく。

そしてとうとう、ある場所を見つけ出した。

「ひ……っ！」

そこを人差し指に撫でられた瞬間、ビクッと体が勝手にしなった。気持ちよすぎて、中にある誉の指を強く締めつけてしまう。それがますます刺激になって、ユキは悶えた。

「あっ、あ……っ、何そこぉ……っ？」

わずかに身じろぎするだけでも、指が当たって感じてしまう。強すぎる快感に、泣き声まじりにたずねると、「だいじょうぶだ」と返ってきた。なだめるように、ペニスの先端にキスされる。

「男なら誰でも気持ちよくなるところだから、心配しなくていい」

「ああ……っ⁉」

尻尾の付け根と、中のいいところを同時に責められ、ペニスを口に含まれた。もはや「感じる」とか「気持ちいい」とかいうレベルではない。同時に押し寄せるいくつもの快感に翻弄され、ユキは腰を逃がそうとした。それを許さない誉の指が、容赦なく弱いところを責め立てる。

「あっ、あっ……いい、気持ちいい……っ」

身も世もなく悶え、涙声で訴える。

「そこ、くる……っ。何かくるぅ……っ」

中の指に押し上げられ、何かが前からはじけ出てしまいそうだった。出るものなどないはずなのに。一方で、体の奥底から大きな波が押し寄せてくる予感がする。怖い。本能的な恐怖を感じる。

「こわ……っ、こわいよ、誉さん……っ。気持ちよすぎてこわい……っ」

「だいじょうぶだ。素直に気持ちよくなるといい」

「そんなこと言うけど、だいじょうぶじゃな……っ、あ……、あ……っ」

内側から押し寄せる波がぶわっと膨らみ、快感がはじけた。

「〜〜〜ッ」

中の指を締めつけながら、肉襞がビクビクと痙攣《けいれん》する。その収縮ひとつひとつが新たな快感をもたらして、ユキはみだらに腰をくねらせた。

「上手にいけたな」

誉が上体を起こし、崩れ落ちたユキの体を抱き寄せる。肌と肌、肌とシーツが触れ合う感触ですら快美に感じて、ユキははらはらと涙をこぼした。かなしいわけでも、痛いわけでもないのに、涙が出て止まらない。

誉が少し困ったような表情でたずねた。

「大丈夫か?」

「だいじょうぶじゃないって言ったぁ……」

彼の胸元にしがみつき、駄々っ子のようにぐずる。誉はやっぱり困ったような、けれどもどこかしら笑いをこらえているような、微妙な顔でユキの鼻先に鼻筋を寄せた。

「でも、気持ちよかっただろう」

「うん……。怖かったけど、すっごく気持ちよかった……」

こんな状態で嘘なんかつけるわけない。正直な気持ちを口にしたら、ふっと笑われた。

「そうか。それはよかった」

「ねえ、誉さん。今の何？」

「何と言われてもな……セックスでいくとああなる」

「いく……」

「気持ちいいのをきわめること」

「ふぅん」

ものすごく感覚的だけれど、「いく」というより「くる」という感じだった。ぼんやりと反芻《はんすう》しながら呟く。

「人間のオスって、出るものがなくてもいけるんだね」

すごいや、と言ったら、すごく微妙な顔をされた。

「みんながみんな、おまえみたいに感じるというわけじゃないけどな」

「そうなの？」

「ああ。おまえは敏感な体をしているし、素直だからなおさら感じやすい」

「それって褒めてる……？」

「もちろん」と誉は笑った。ちょっと悪い笑みだった。

「感じやすくて、快感に素直な恋人なんて、男の理想だろう」

「そうなの？　なら、よかった」

ユキはほほ笑み、少し体を起こして彼を見つめた。

「これ」と、途中から放り出してしまっていた彼のペニスに触れる。

「もうちょっと、舐めてもいい？」

「ああ」と、誉はうなずいた。

彼の股間に顔を埋める。ますます濃密になったにおいにうっとりしながら、舌を這《は》わせ、口に含んだ。ユキの猫耳をくすぐりながら、誉がきく。

「舐めるのが気に入ったのか？」

「ん」

「どうして。うまいもんじゃないだろう」

「でも、誉さんのにおいが濃くて、うっとりする……」

口から出して答えると、彼は何かをこらえるような表情をした。

せり上がった大きな双袋を指で揉みながら、先端から口に入れ直す。とろとろとあふれてくる白濁の粘液は、彼の命そのもののにおいがした。

好き。これが好き。ユキをおかしくさせる、愛おしいにおいだ。

息を詰めた彼がたずねた。

「そんなに好きなら、かけてやろうか?」

「んん……?」

かけるって何を?

よくわからなかったけれど、うなずいた。

ペニスを口から引き抜かれる。目の前に現れたそれを、誉は二、三度手でしごいた。先端の小さな孔《あな》が開閉し、白濁をこぼしているのが見える。

誉が荒い息をつきながら言った。

「出るぞ。目を瞑ってろ……っ」

ビクッとそれが跳ねた瞬間、先端から真っ白な液が飛び出した。反射的に目を瞑る。びゅくびゅくと、あたたかな飛沫《しぶき》が顔にかかった。濃厚な誉のにおいがユキを包む。

「あ……すごい……。すごい、これ、いっぱい出たね……」

歓喜に震え、ほほ笑んだ。とろりと跡を残しながら伝い落ちていくそれを、うっとりと指ですくって、口に運ぶ。

「これ、好き。あなたのにおいをつけてもらうの、すごくいい……。あなたのものになった気がする……」

「……、クソッ」

彼は短く舌打ちすると、やや乱暴にユキを布団にうつぶせにした。腰を摑まれ、そこだけ高く上げさせられる。のびをする猫のスタイルだ。秘所に熱いものを押しつけられ、ひるむ間もなく押し入られた。

「んぁ……っ！　ああ、あ、あ！」

奥まで入ると、誉はユキの尻たぶを両側から手で寄せた。中にある圧倒的な存在を、さらにありありと感じさせられる。今出したばかりなのに、彼のペニスはもうすでに熱く滾《たぎ》っていた。

「あっ、すご、すごい、おっきぃ……」

「おまえ、それは煽ってるのか？」

「ひやぁんっ」

腰を送りながら、ぎゅっと尻尾の付け根を押さえられ、ユキは腰を跳ねさせた。逃げたい。逃げたいくらい気持ちいい――だから、本当は逃げたくない。わけがわからなくなってくる。

「あっ、あ、あ、んっ……、あ、あ……！」

誉にしがみつけない代わり、シーツをたぐり寄せて抱きしめた。中のいいところを彼の先端がえぐるたび、またあの波が自分の内側から湧いてくるのがわかる。

「誉さん、誉さん……っ。気持ちいい……気持ちいいの、またくる、きちゃうよ……っ」

「ああ。いっていい」

許されて、ふわっと気持ちが軽くなった。ユキがどんなによがっても、乱れても、彼は否定しない。むしろ声ににじむ官能は深くなっていく。好かれているのがわかる。

(うれしい)

好き。大好き。ユキの大事なご主人様。

「あっ……、あのね、あの」

「なんだ?」

「オレの中にも、かけてほしい……」

揺さぶられながらささやくと、彼は一瞬、動きを止めた。

「ユキ」

深い、オスの官能に満ちた声で名を呼ばれる。背中をぴったりと抱き込まれ、全身で彼のぬくもりを受け止めた。

体は興奮と欲情で熱いのに、彼の体はぬくいと感じる。気持ちがそう感じているからだ。誉が好き。くっつくとうれしい。彼に気持ちよくしてもらうのも、気持ちよさそうな彼を見るのも大好きだ。

ちょっと苦しい体勢だけど、密着したぶん、奥を突かれるのがたまらなかった。巨きく張り出した先端が、ユキの最奥をこねるようにいじめている。中の誉が、ユキにもよくわからない部分にぐうっとめり込む。

「も、ダメ、いいの。気持ちいいの……っ、こんなの、死んじゃう……っ」

甘ったれた泣き声で言い、ユキは大きく腰をよじった。首筋に歯を立てられる。押し寄せてきた快感の波に乗せられ、押し上げられ、放り出された。

「あっ、あ、あ、あ、……～～～ッ」

ふわっとする浮遊感。痙攣する中が誉を締めつけるたび、その気持ちよさでさらに達する。

「ユキ……ッ」

一声、うめくように名前を呼んで、誉も達した。中で彼がビクビクと精液を吐き出す感触にさえ、ユキは感じた。なかなか下りてこられない。

障子越しに、穏やかな日の差す和室。誉の言いつけを守り、家の犬猫たちはどこかへ姿を消している。二人の荒い息と心臓の音だけが聞こえる空間。

「……ユキ。ユキ、大丈夫か？」

猫耳の後ろをゆるく撫で、かすれた声で誉がきく。「ん」と笑った。たっぷりと満ちる初夏の光のように、心の奥まで満たされていた。

「誉さん」

——大好きな、ユキのご主人様。

中から出ていこうとする彼をそっと留《とど》める。

「待って。あの……」

はにかんだユキに、誉は「なんだ?」ときいてくれた。その声とまなざしが、あまりにもやさしかったから。

「あのね……今度は前からしてほしい」

おねだりに彼は目を細め、強くユキを抱きしめた。


「ユキ。ユキ? どこだ、ユキ?」

ご主人様が呼んでいる。どうやら帰ってきたらしい。

鯉の池にかけられた石橋の上で、ユキはちょっとそちらに視線を走らせた。手にしたプラスチック製のお椀の中身はまだ半分ほど残っている。

「呼んでるわよ」

並んで座っていたスミが言った。面白がっている声だ。「いいんだ」と、ユキは唇をとがらせた。

「まだ拗ねてるの。誉さん、お休みなのにお仕事だったんでしょ。頑張ってきたのにかわいそうじゃない」

「お休みなのにお仕事に行っちゃったから怒ってるの!」

朝と夜しか会えない――その夜でさえ、仕事だなんだと遅くなる日も少なくない五日間を過ごし、ようやくたっぷりくっつけると思っていた週末。彼はユキたちを残して仕事に行ってしまった。なんでも「部下の尻拭い」だそうだ。

ユキとしては、昨夜は当然お布団でいちゃいちゃできるものだと思っていたし、今日だって、一緒に朝寝坊して、一緒に朝ごはんを食べ、一緒に洗濯物を干して、掃除をして、光圀じいちゃんやスミたち猫や庭の鯉たちのお世話をして――もちろんたっぷりかわいがってもらうつもりだったのに、ぜんぶ台無しだ。

むくれるユキに、スミはおかしそうに声を立てて笑った。

「わたしたちのために頑張ってるのよ。許してあげなさいよ」

そう言うと、ふらっと立ち上がり、躑躅《つつじ》の陰に姿を消してしまった。

飛び石を踏む足音が近づいてくる。いつもならこちらから駆けていくところだけれど、今日は行かない。お椀に入っていた鯉のエサを掴み、八つ当たり気味に池に投げ込む。鯉たちが我先にと争って口を開け、バシャバシャと大きな水音を立てた。

「ユキ。ここにいたのか」

ジャッと背後で砂利を踏む音がして、背中からそっと抱きつかれた。

「ただいま」

「……おかえりなさい」

当。
残念で、怒って、拗ねていた気持ちは本当。だけど、帰ってきてくれてうれしいのも本
——と、言ってしまう。
お椀の中のエサを池に開け、振り返った。抱きついた。
「放っておいてすまなかった」
「……いいよ。お仕事だったんでしょ」
本当はいやだけど。仕事に行くよりそばにいてほしいけど。
でも、ユキは、ご主人様がしたいことは止めない。かなしいけど。寂しいけど。拗ねる
けど。ユキたち猫がご主人様の言うことを聞くとは限らないのと同じように、ご主人様に
も自由でいてほしい。人間と猫って、そういうものだと思う。
「ユキ……」
さわさわと、誉の手がユキの体をさぐっている。首筋に顔を埋められる。するのかな、
と思ったら、ささやかれた。
「猫のおまえを思いきりかわいがりたい……」
拍子抜けした。と、同時に、お疲れなんだな、と思う。誉がたまに見せるこういうちょ
っとした弱い姿に、ユキはきゅんきゅんする。
「いいよ。お散歩行こ」

彼の手を引いて立ち上がった。

誉がこの家に越してきて、正式なご主人様になって三ヶ月。庭には金木犀《きんもくせい》が香り、再び寒い冬がやってこようとしている。

ユキは未《いま》だに屋敷の外では猫になってしまう化け猫だ。それでもいいと誉は言ってくれる。むしろ、そこがいいと言う。ユキとしては、屋敷神様が言っていたように、いつか猫でなくなる日が来るとしても、なるべく時間がゆっくり流れるお屋敷の中にいて、長生きしてあげたいと思う。けれども、誉は時々こうして「猫のユキ」を抱きたがった。人間社会でせわしなく働く彼にとっては、「猫のユキ」を思いっきりモフモフする時間が最高の癒《い》やしなんだそうだ。

連れだって門をまたぐ。ポンッと猫の姿になる。誉の腕に抱き上げられる。

恋人の腕に、大事に大事に抱かれながらユキは願った。

いつまでもこうして暮らしていけたらいい。彼のそばにいられたらいい。恋人として、猫として、彼に寄り添って生きていきたい。ずっとずっと。

それが今のユキのささやかな、けれども一番大切な願いなのだった。

犬猫屋敷のご主人様

CHARADE BUNKO

いのちの輝きを浴びた気がした。

ユキと初めて会ったときのことだ。

着古した長袖のTシャツにデニムパンツ。そこから伸びた裸足《はだし》の足。着ているものは悪くなさそうだが、全体的に薄汚れた印象がぬぐえない——「なのに」と言うべきか、「だからこそ」と言うべきか、整えもしない金髪のあいだから覗《のぞ》く二つの目のきらめきが、異様なほど印象的だった。

厳しい北国の冬空のような、灰色の混じる青だった。「キラキラ」ではとても言い表せない、野性味をおびて輝く瞳。まだ幼さの残る顔立ちを裏切る力強さは、まさにいのちの輝きだ。この現代の日本で、どう生まれ育ったらこんな目になるのか。製造小売業の営業部長という仕事柄、人と接する機会は多い。だが、こんな目つきの若者は見たことがなかった。

つい、じっと見入ってから、誉《ほまれ》はハッと我に返った。輝きにばかり目が行くが、青い瞳だ。それだけでなく、髪は冬の日の光のような薄い金髪、肌は抜けるように白い。整った容姿だが、国籍すらも不明だった。これは面倒なことになるかもしれない。

そもそも、ここに来た理由自体が面倒だ。

ここ数年、ほとんど交流のなかった祖父穣《みのる》が誉に遺《のこ》した屋敷と貯蓄は、自立心あるいい大人でもそこそこ心動かされるものだったが、それらの相続についてきた条件が意味不明だった。

曰《いわ》く、「現在、屋敷に住んでいる『ユキ』という青年と、犬一頭『光圀《みつくに》』、猫四匹『忠相《ただすけ》』『お銀《ぎん》』『次郎吉《じろきち》』『スミ』を、今後も変わらず屋敷に住まわせ、経済的援助を惜しまないこと」。

遺言が公開されたとき、誉も両親も驚いた。相続権をもたない親族たちのざわめきが伝わった。

会社と貯蓄の大半は父にゆずられたし、直系の孫である誉が屋敷と貯蓄の残りを受け取るのも、まあ、おかしな話ではない。犬猫については、屋敷を相続するのならば、遺産の一部として引き受ける責任があるだろう。だが、「ユキという青年」とはいったい誰だ？　なぜ穣の屋敷に住んでいる？　どうして赤の他人の経済的援助をしなくてはならない？「何か知っているのか」とたずねられ、誉は首を横に振った。本当にわけがわからなかった。

わずかな手がかりは、「祖父の屋敷に正体不明の金髪男がいた」という、近隣住民からの情報だった。五ヶ月前、祖父が病気で倒れた際、助けを呼んでくれたのは若い金髪男だったらしいのだが、そのときその男はなんと全裸で、「ご主人様が死んじゃう！」と叫んでいたというのだ。

高齢の資産家を「ご主人様」と呼ぶ全裸の若い男――認めたくはないが、愛人である可能性が高い。

その話を聞いたときの誉のショックは、とても簡単には言い表せるものではなかった。

元来、祖父と誉の人となりはよく似ていた。娘婿である父は、経営者としての能力は高いものの、権高で独善的なきらいがある。その点、穣は情に厚すぎるところはあるが、人や動物に対する視線がやさしい。誉自身、幼少期からつい数年前まで、父よりも祖父を慕っていた。そう、数年前――祖父からの度重なる「結婚はまだか」攻撃にイラッときて、ゲイであることをカムアウトし、生涯独身を宣言するまでは。

以後、祖父からの連絡はぱたりと途絶えた。「結婚はまだか」攻撃はなくなったが、同時に、食事やゴルフの誘いも一切途絶えた。先に結婚も跡継ぎも望んでくれるなと突き放したのは誉だが、こうもあからさまに見放されるのかと失望もした。

互いに賀状以外の連絡が途絶えたまま、意地を張り合い、向き合うことを避け続けて六年。祖父は突然病気を患い、逝《い》ってしまった。

病気がわかってから亡くなるまで、三ヶ月弱。感覚としては、本当にあっという間だった。家族とともに見舞いに行って痩《や》せ細った祖父を目の当たりにし、病状を両親から聞きながらも、なんとなく、まだだいじょうぶ、あの祖父が亡くなるわけがないと、自分自身をごまかしていた。どうせ祖父の願いはかなえてやれないと開き直り、先に見放したのはあちらだとへそを曲げ、多忙を理由に二人きりで会うことから逃げているうちに、祖父はさっさと逝ってしまった。多くの犬猫に加え、「男の愛人」という難物を遺して。

誉のことはゲイを理由に見放したくせに、自分は男の愛人を囲い、「ご主人様」などと呼ばせていた穢に怒りと嫌悪が湧いた。もっと会いに行けばよかった、和解しておくべきだったと後悔していた自分がバカみたいだ。どこの馬の骨ともわからない「愛人」には、嫌悪感しか湧かなかった。どうせ、老い先短い老人につけいって、財産を奪おうとしているに違いない。祖父も祖父だ。そんな相手に騙《だま》されて、遺産と引き換えに男妾《だんしょう》の面倒を見ろとは、どこまで人を虚仮《こけ》にするのか。

手切れ金を渡して、さっさと追い出してやる。

固く心に誓いながらも、一応紳士的なふりで会いに来たのだが、そんな事情や決心すら一瞬忘れた。そのくらい、ユキの目は印象的だった。

何か言わなくては——そうだ、そもそも本当に彼が「ユキ」なのか？

「——おまえ」

誉が口を開いた瞬間、みるみる彼の両目が潤み、ポロポロと涙があふれ出た。見る者の心を痛ませる、澄んだ涙だった。視界がゆがんで見えないだろうに、それでも一心に、食い入るように誉を見つめてくる。

彼は駆け出し、きつく、誉に抱きついてきた。頬に頬を寄せ、首筋に鼻先を埋める。目の前の首筋から、甘い、煮詰めたミルクかバターのようなにおいがした。大人の男には不似合いな、あどけない、子供っぽいにおい。もしかしたら、見た目よりもさらに幼いのかもしれない。

突然の出来事に硬直していた誉だが、すぐに我に返った。

「やめろ。放せ」

力いっぱい振り払う。

彼は、なぜ？　という顔になった。

「ご主人様」

その瞬間、ぐわっと腹の底から湧き上がってきた激情は、言葉では形容しがたいものだった。

こんな若い、しかも得体の知れない男を、愛人にしていた祖父への失望と不快感。一瞬、何もかも忘れて彼に見惚《みと》れた自分への怒りと居心地の悪さ。それほどまでに男を惑わせる彼への嫌悪感。あとから振り返れば、彼に惹《ひ》かれる気持ちと、それを打ち消そうとする反発心も混ざり込んでいたように思う。

舌打ちし、彼を睨《にら》んだ。

「俺はおまえのご主人様じゃない」

すべてを薙《な》ぎ払うような宣言は、彼に現実を突きつけるための言葉だった。
だが、誉には、どこか自分に言い聞かせているようにも聞こえていた。

そんな出会いから約二ヶ月。思いがけないかたちで、誉はユキの正体を知ることになった。

一ヶ月半にわたる興信所の調査でも、ユキの素性はまったく摑めず、調査は打ち切りになっていた。戸籍も住民票も家族も出入国の情報も、前に住んでいた場所すらも、何もかもがわからない。ユキは、この日本には「存在しない」人間だった。最近、問題を抱えた親の子供が無戸籍のまま生きていることがあるとニュースなどで話題にのぼるが、そういった子供の一人ではないかというのが、沢村と誉の出した結論だった。

(まったく、あのじいさんは……)

頭が痛い。興信所からの最終報告書をデスクに放り出し、誉は肘をついてこめかみを押さえた。重いため息が漏れる。

ユキをこの状態で抱え込み、放置していた祖父には怒りを禁じ得なかった。だが、ユキと距離を置くには、ちょうどいい理由づけになるかもしれない。そんなずるい考えが頭をよぎる。

飾らず、明るく、信じやすく、生まれもったままの素直な心で生きているユキ。いい年をして働きもせず、日がな一日、犬猫たちと戯れて暮らしている。これまでの誉なら、「だらしがない」と眉をひそめて避けるタイプだ。

だが、ユキは何かが違った。そういう生き方が彼らしいと思わせてしまう雰囲気がある――いや、単純に惚《ほ》れた欲目がそう思わせているだけなのだと、わかっているが。

ささいな親切に「ありがとう！」と笑い、「ぎゅってさせて」「撫《な》でて」と甘えてくる。その上、時折ひどくけなげだ。それらがまったくわざとらしくなく愛《いと》おしい――「愛おしい」と思ってしまった。絶対にそんなことにだけはならないよう、心に強く戒めていたはずなのに。

先日、とうとう抱きしめてしまったときの感触が腕によみがえる。

細く、華奢《きやしや》で、しなやかな体だった。首筋からは、あいかわらず、煮詰めたミルクのにおいがした。愛おしいと思った。欲しい。抱きたい。誉が望めば、きっと彼は抵抗しないだろう。祖父から孫へ乗り換えることにまったく疑問を持たない、倫理観の欠如。だが、それはおそらく彼自身のせいではない。これは想像に過ぎないが、環境と教育が、彼をそうさせてしまったのではないか。

真実彼を愛しているならば、ユキを役所に連れて行き、まっとうな道に引き戻してやらなければならない。それから、愛人などせずとも食べていけるよう、きちんと導いてやるべきだ。それが彼を託された自分の仕事だと、誉は自分の恋心に蓋をして結論づけた。

だが、ユキを説得しようと向かった屋敷で、今度こそユキを追い出そうとやってきた父と遭遇したことをきっかけに、事情が変わった。

ユキをかばおうとした誉は、逆上した父と揉《も》み合いになり、突き飛ばされて車道に倒れ込みそうになった。迫りくる車。撥《は》ねられる——。

覚悟した誉だが、誰かがぐっと二の腕を掴んだ。引き戻す力が全身にはたらく。ぶれる視界を、あのきらめく青がかすめた。ユキ。

「ユキ!」

鈍い衝撃音に、てっきり、ユキが撥ねられたのだと思った。だが、目を開けたそこに、人間のユキの姿はなかった。道路に横たわっていたのは、小さな白い猫だった。誉を引き戻そうとしていたのは、確かに、人間のユキだったはずなのに——。

「ユキ……?」

わけがわからなかった。当たり前だ。人間が猫になるなんてあり得ない。

三十五年間、ごく普通の常識的な人間として生きてきた。

典型的な理系脳で、子供の頃から、読書といえば物語よりも図鑑を眺めているほうが好きだったし、今では経済誌と実用誌以外は読まない。テーマパークに行くこと自体がまれだが、過去何度か行った時には、イルミネーションを見ればつい電気代が……と考えたし、キャラクターの着ぐるみを見ればあの中はさぞかし大変だろうと同情した。そんな誉の常識では、人間が猫に変わるなんて――猫が人間に化けていたなんて、起こり得ない。

だが、目の前で見てしまったものはしかたがない。何より、けがをしている恩人――恩猫を放っておくことはできず、すぐに近くの動物病院へと走った。

ユキが診察を受け、骨折した左前足の緊急手術を受けているあいだ、誉は現実逃避するように、出会ってから今までの記憶をなぞっていた。

思えば、ユキは最初からずっと、家の犬猫たちのことを「家族」と呼び、庭に来る地域猫たちを「仲間」だと言っていた。ペットを飼う人間にありがちな言動だと思っていたが、あれは比喩《ひゆ》でもなんでもなく、彼にとっては事実だったのだ。

二十歳前後に見える一方、難しい単語はよく意味を取り損ねているようだった。「戸籍」も、「住民票」も、「外国人登録証」も知らない。どころか、家族がどこにいるのか、どこで生まれ育ったのかもはっきりと話そうとはしない。

(当たり前だ)

今もって誉が夢を見ているのでないならば、ユキは猫だったのだから、戸籍も住民票も外国人登録証もなくて当然。家族や生まれ育ちの話だって、本当は猫だということを話さずには話せない。だから、彼は話そうとしなかった。話さない理由はわからないが、話されたところで、誉は信じなかっただろう。

「……ああ、そうか……」

思わずうめいた。

屋敷から外に「出られない」と言っていたのは、屋敷から出れば今のように元の猫の姿に戻ってしまうからか。だから、人間のユキは、祖父の病院にも葬儀にも姿を現さなかったのだ。

思い当たることは他にもあった。

魚のにおいに敏感なところ。いい年して撫でてほしがる甘ったれなところ。興奮しているときや警戒しているとき、驚いたときなどには、空色の目が猫の瞳孔のように見えた。あれも誉の気のせいなどではなかったのだ。ならば、誉の勘違いを決定的にさせた「オレの仕事は、寝ることと、遊ぶことと、撫でてもらうこと」という言葉も、誉が勘ぐったような意味ではなく、ただただ言葉面どおりだったに違いない。なにしろ彼は猫だったのだから――。

「ユキ……」

手術を終え、小さなコットに寝かされて戻ってきた彼を見下ろした。猫にしても、痩せて小さな体だった。真っ白な毛並みは少し汚れて、うっすらと灰色がかって見える。左前足に包帯を巻かれた姿に、不覚にも涙が出そうになった。

けなげなユキ。大好きな飼い主を失って寂しいのだと、言葉で、瞳で、全身で語っていた。それでも家族や仲間を守ろうと必死だった。そんな彼に、自分はいったい何をしたのか。

とてつもない後悔が押し寄せて、その重圧に押しつぶされそうになった。

「ユキ、すまない」

飼い主を失い、唯一頼りにしていた人間が、こんなに理解のない冷たい男で、ずいぶん苦労したに違いない。

誉が知っているだけでも、何度も泣かせた。怒らせた。傷つけた。きっとひもじい思いもさせた。その時々の彼を思い出すだけで苦しくなる。

それにもかかわらず、彼が誉に向けるまなざしはいつも澄んでいた。

犬猫たちから目をそらし、意識的に閉ざしていた心を、本当は好きなのだろうとノックした。食事を持って訪問すると、代わりに茶を淹《い》れてくれるようになった。「いい人だ」と言ってくれた。祖父にきらわれていたと信じ込んでいた誉に、あなたは信頼されていたと教えてくれた。いつの間にか、誉が屋敷を訪れると、玄関で待っていてくれるようになっていた。抱きしめて撫でてやると、うれしそうにすり寄ってくる。甘ったれの子猫のように。

「ユキ……、ユキ……」

いつからか、彼の表情や言葉やしぐさの中に、自分に対する好意を見つけた。戸惑った。

最初は確かに、彼の大好きな「ご主人様」の面影を重ねられていただけだったのに。彼の気持ちは、いつから変わっていたのだろう。

だが、同時に誉自身も、彼が自分を通して祖父を見ていることに不快感を抱くようになっていた。有り体に言ってしまえば、単なる嫉妬だ。その証拠に、彼が誉自身に心をあずけてくれることをうれしく思うのを否定できなかった。気がついたら、彼が祖父の愛人でなかったらよかったのにと考えるようになっていた。彼が祖父の愛人でさえなかったら、彼の望みどおり一緒に住み、彼を恋人にしてしまっても、誰にも——自分の心にも、咎《とが》められずにすんだのに。

だが、願ったところで詮ないことだ。祖父の愛人を寝取るようなことは、いくら祖父の願いであっても、誉の倫理観が許さなかった。自分が彼にしてやれることは、せいぜい、法律の範囲で正しい道に引き戻し、まっとうな将来へ導いてやることくらいだ。

だが、真実、ユキと祖父がただの飼い猫と飼い主の関係でしかなかったのなら、誉の彼に対する気持ちを阻むものは何もない。今なら堂々と彼に愛を乞うことができる——そこまで考えて、自分にあきれた。「愛を乞う」も何も、自分がまずやるべきことは、彼に許しを乞うことだ。そこから始めなければ、愛も恋も始まらない。

「ユキ。ユキ」

何度も彼の名前を呼んだ。死の手中から呼び戻そうとするように。

見かねた獣医師が、「それほど深刻な状況ではないから大丈夫ですよ」と、声をかけてくれたが、耳には聞こえても頭には入ってこなかった。

「ユキ」

戻ってきたら、今度こそ大事にする。二度と「泥棒猫」などとは呼ばせない。両腕で大事に囲い、おいしいものを好きなだけ食べさせ、彼を傷つけるあらゆるものから守ってやるのだ。そうしたい。させてほしい。だからどうか、戻ってきてほしい。

「ユキ」

やがて誉の呼びかけに答えるように、白猫はうっすらと目を開けた。

思わず叫ぶ誉の顔を、人間のユキと同じ、透きとおった真冬の空の色の瞳で見上げ、小さな声で「みぃ」と鳴いた。

「ユキ、大丈夫か！」

ユキのけがは左前足の骨折と腹部の打撲だけと診断が下り、五日後には動物病院から誉の元へと帰ってきた。

猫のユキを連れて、屋敷へ戻る。腕の中で、小さな白猫が、輝く瞳の青年に変化するのを見た。未《いま》だに頭の片隅で、これは自分の妄想ではないかと思っていた誉だが、いよいよ信じないわけにはいかなくなった。

「……おまえは、じいさんのために人間になったんだな」

「そうだよ。なんとかして助けを呼びたくて、屋敷神様にお願いしたんだ」

話をよく聞けば聞くほど、ユキは祖父の恩人だった。純粋に飼い主を慕い、飼い主のために人間になった。ひたすら飼い主のために尽くした猫。ますますこれまでの仕打ちを恥じ、深く悔いた。

キスをして、気持ちをきちんと伝えたとき、ユキは最初にうれしそうにほほ笑み、それから次第に泣き顔になって、最後にはわんわん声を上げて泣きだした。

「ユキ。ユキ、泣くな」

彼を抱きしめる誉もつられて涙声になる。

「だって……だって、うれしいもん……っ」

誉に抱きついて泣く彼に、どれほどつらい思いをさせたのかと、心の底から後悔した。二度とかなしいことでは泣かせない。絶対に今までのぶんまで、これからしあわせにしてやるのだ。

気持ちは最高潮に盛り上がっていたが、ユキはけが人だ。まずは体を回復させることが優先だった。家族や仲間と一緒に、住み慣れたところにいられるほうがいいだろうが、屋敷に戻れば彼は人間の姿に戻ってしまい、思うように治療ができない。相談して、自宅のマンションに連れ帰ったが、それはそれで、誉にとっては新たな試練の始まりだった。

何しろ、恋人になったばかりの相手が、常に自分の家にいるのだ。猫の姿でも、中身は恋人。しかも、ユキは猫の姿もすこぶるかわいい。それはもう、文句なしにかわいい。きれいに拭き上げてやれば、真っ白な毛並みはふわふわで、雑種ながらに整った顔立ちをしている。おまけに、ペット用品製造販売会社営業部長の誉をしても、滅多に見ない甘ったれだ。

朝、誉が仕事に行くときには、玄関までついてきてミィミィ鳴くし、帰宅時も足音を聞きつけて、玄関に座ってお出迎えだ。たまに猫らしく気ままに過ごしている姿に油断していると、すぐにすり寄ってきて、「撫でて」「遊んで」「抱っこして」とアピールし始める。かわいい。けがさえなければ、揉みくちゃに抱きしめたいほどかわいい。

恋人うんぬんを抜きにしても、誉はもともと動物好きだ。ペットを飼わないと決めていたのも、もう二度と、犬のユキを喪《うしな》ったときのようなかなしみを味わいたくなかったからだった。つまり、それだけ強く思い入れてしまうということだ。

そんな誉にとって、猫のユキはもう二重三重の意味で大変に愛しい存在だった。だからこそ、一緒に寝ていると、つい、これが人間の姿ならと考えてしまう。まさか猫相手に不《ふ》埒《らち》なまねをするわけにもいかず、悶々《もんもん》とした。こうなると、ユキの甘ったれ具合が逆につらい。その上、猫の鼻のよさを考えると、うかつに自慰もできず、三十五歳にして性欲を持てあますという、まるで十代のような悩みに直面した。気力で耐えた。気分は修行僧だった。

おかげで、地獄のように甘くしあわせな三ヶ月の蜜月ののち、ようやく祖父の屋敷に戻ったときは、まったく我慢が利かなかった。ユキの大事な家族たちを蹴散らして、いやがるユキを風呂に突っ込み、半ば勢いで強引に抱いた。

ユキはこれが初めてだと言っていた。キスどころか恋も初めての、まっさらな心と、未成熟な少年のような体。それでもユキは快感と心に素直に、持ち前の好奇心で積極的に誉を受け止めた。気持ちよすぎて尻尾《しっぽ》と猫耳が飛び出したときには、本気で血管がぶち切れるかと思った。

素直で、みだらで、愛しいユキ。

夢中で抱いた。最高だった。


あれから約三ヶ月。祖父からゆずり受けた屋敷の庭は、秋の色に染まっている。

とある土曜日の午前中、部下の不始末の尻拭いに、誉は休日出勤を強いられていた。上司として頭を下げ、なんとか事なきを得たのが正午過ぎ。休日出勤の原因になった部下に、「お詫《わ》びに飯、ご馳走《ちそう》させてください」と誘われたが、断った。社内で、「最近つきあいが悪くなった」と揶揄《やゆ》半分に噂《うわさ》されているのは知っているが、望むところだ。ユキが猫なのをいいことに、堂々、「最近飼い始めた猫がかわいすぎて、できればずっと抱いていたい」と宣言している。ペット用品製造販売会社の営業部長としては、非難されるいわれはない。

「ただいま。……ユキ？」

昼食もとらずに帰宅したが、いつもなら玄関で出迎えてくれるユキがいなかった。どころか、呼んでも返事もしない。誉はネクタイをほどきながら苦笑した。

（まだ拗《す》ねているのか）

仕事のために昨夜は早く休んだし、今日も半日放置した。ユキは、平日は仕事の日と認識しているが、週末二日は自分にかまってくれる日と信じて疑わない。その週末に半日も放り出したのだから、あのかわいい甘ったれは相当へそを曲げているだろう。

「ユキ。ユキ？　どこだ、ユキ？」

家の中を探して回ったが見当たらない。誉は縁側から庭へ下りた。犬猫たちのニヤニヤとした視線を感じる。気のせいではないだろう。出会いが出会いだったので、この屋敷に越してきた当初は遠巻きにされていたが、今では皆、誉がユキの下僕のようにかしずいているさまを、面白おかしく見守っているふしがある。

大きな躑躅《つつじ》の陰、池にかかる石橋の上に、ユキはうずくまっていた。鯉たちにエサをやっていたらしい。「ユキ」と呼んでも聞こえぬふりだ。

「ここにいたのか」

「拗ねています」と大書きされた細い背中を、後ろからそっと抱きしめた。

「ただいま」

「……おかえりなさい」

拗ねていても、そう答えてしまう彼が愛しい。

ユキは鯉のエサを池に開け、振り返った。抱きつかれる。甘い、煮詰めたミルクのにおいがした。

「放っておいてすまなかった」

「……いいよ。お仕事だったんでしょ」

――本当はいやだけど。仕事に行くよりそばにいてほしいけど。

思っていることがすべて顔に出てしまっている。甘えているときも、拗ねているときも、「好き」を隠さないユキ。日々、人間社会でのつき合いに疲弊していると、彼の素直さが奇跡のように思えてくる。

「ユキ……」

彼の首筋に顔を埋めた。幸福のにおいが誉を包む。抱きたい。全身でかわいがりたい。

けれども、その前に、彼にしかできない方法で癒《い》やされたい。

「猫のおまえを思いきりかわいがりたい……」

誉が言うと、ユキはちょっと拍子抜けした顔でうなずいた。

「いいよ。お散歩行こ」

お散歩――つまり、屋敷の外で、猫のユキを思う存分撫で回すのだ。腹のやわらかな毛に顔を埋めてモフモフしても、ユキは怒らない。至福の時間だ。

ただし、それだけですませるつもりは毛頭なかった。

戻ったら、今度は誉が奉仕する番だ。昨晩おあずけになったぶんまで。


散歩から戻り、順番にシャワーを浴びる。台所で水を飲んでから寝室に向かうと、すでに床が延べられていた。ユキが両手を広げて、「ご主人様」と呼んでくる。まだ明るい部屋に、いかにも「しましょう」と誘う布団。そして、この発言だ。ギャップにくらくらする。誉は額に手を当てた。

「わざとその呼び方で呼ぶんじゃない」

「どうして？　いや？」

「興奮する」

「なら、いいじゃん」

屈託のない笑顔につられてしまった。色気はないが、かわいいなと思う。

「そのままこっち来て、舐《な》めさせて」

求められるままに応じた。今日は自分が奉仕したい気持ちだったが、それ以上に、ユキがしたいようにさせてやりたかった。

ちょうど顔の高さに来た誉の性器を、ユキは愛おしそうに手に取った。ふふっと笑う息がくすぐったい。

「大きくしてあげる」

なまめかしい上目遣いで言うと、舌を出してざらりと舐めた。

毛繕い大好きな猫の習性ゆえだろうか、ユキは口でするのが好きだ。そして、これが気持ちいい。お世辞にも上手とは言えない舌使いだが、その舌のざりざりとした感触は、普通の人間にはないものだ。甘美な快感に、スパイスのようにまぶされた背徳感。口に含まれるまでもなく、舐められるだけで大きくなってしまう。

手の届く範囲で、頬やこめかみ、耳の後ろを撫でてやると、うながされたと思ったのか、口を開いて迎え入れられた。とろける熱さと舌のざらつき。ユキのフェラチオは最高だ。

「……今日は、どうしてほしい……?」

たずねると、ユキは口から誉の性器を出して、ちゅぷりと口づけながら答えた。

「今日は、飲ませて……」

「わかった」

ユキは誉のにおいをつけられるのがたまらないらしく、よく「かけて」と頼まれる。きれいな顔から体まで白濁で汚してやるのも、男の嗜虐《しぎゃく》欲と所有欲を刺激されるが、彼の喉奥に放つのもまた、体の中までにおいをつけているようで淫靡《いんび》だった。何より、飲まされた日のユキはいつも以上に乱れるので、このあとが楽しみになる。

「もう少し奥まで入れてもいいか……?」

「ん……っ」

うなずく彼の喉奥に、慎重に差し入れた。生理的に浮かんだ涙をぬぐってやる。

「出すぞ」

「ん」

従順に、だが、恥ずかしそうに伏せられる、赤く色づいた目元がたまらない。一、二度、小さく腰を前後して、直接喉に流し入れる。ユキは苦しそうにしながらも、こぼすことなく飲み込んだ。すべて吸い出される前に性器を引き抜き、顔から胸元までマーキングしてやる。

「うれしい……誉さんの、いいにおい」

ユキはうっとりとほほ笑みながら、胸元に精液を塗り広げた。「見て」と言わんばかりのコケティッシュな視線と、みだらなしぐさ。ピンク色の小さなとがりが、精液に濡《ぬ》れて光っている。色気で理性を横殴りにされている。放ったばかりなのに、すぐに大きくなる。

「座って」

手を引かれて、腰を下ろす。誉をぼうっとのぼせた表情で見つめ、ユキは抱きつくようにして誉の体を押し倒した。

「もう入れて」

みだらなおねだりにクラクラする。

「大丈夫なのか？」

後孔《こうこう》に指を這わせると、そそのかすようにクチュッと吸いつかれた。

「早く」

「……っ」

思わず、クソ、とこぼしそうになる。暴力的に色っぽい。

「ね、ね？　これ、もう、入れるね……？」

焦れたユキが、誉の性器に手を添えて、自分から受け入れた。張り出した先端を収めると、誉の腹に手をついて、ゆっくりと飲み込んでいく。

「あ、あ、あ……」

うっとりとした高い声が、和室の天井に響く。

ぺったりと尻たぶが誉の腰につくまで飲み込むと、ユキは下腹に手を添えて誉を見下ろし、ほほ笑んだ。

「ね。入ったでしょ……?」

得意そうな、「褒めて」と言いたげな視線に、かろうじて残っていた理性が焼き切れた。

「よくできたな」

褒めてやりながら、胸のとがりに両手を伸ばす。

「んっ……! あ、そこ……っ」

つまんでくりくりといじめてやると、きゅうっとユキの中が締まる。細い腰をくねらせて、ユキは気持ちよさそうに啼《な》いた。

「あっ、あ……っ、アッ⁉ そこだめ……っ」

ピンク色の、子供のような性器を手で包み込むと、眉を寄せ、咎めるように誉を見下ろす。だが、いいのはわかっている。止めようとしてくる手を、もう片方の手で払いのけながら、「だいじょうぶだ」とささやいた。何が大丈夫なのか、我ながらわからない。

「だめ……っ、だめ、それ、すぐいっちゃうから……っ」

言いながらも、ユキの腰は止まらない。自分のいいところに押し当てながら、ぐりぐりと円を描くように揺れている。

「いけばいい。何度でも」

精巣を持たないユキの絶頂はすべて中イキだ。何度でも達することができる。かわいいペニスをこすってやると、ユキは高く尾を引く嬌声《きょうせい》を上げ、一度目の絶頂に達した。

「あ……、……、……、……っ」

「じょうずにいけたな」

快感にあえぐ、薄い胸から腰を、なだめるように撫でてやる。それすら感じるというように腰を揺らめかせるから、ついそこを押さえつけた。

「アッ……!? あ、待って、待って、まだいってる……っ、ああっ、あ、あ、あ……！」

「まだいっている」というのは本当なのだろう。痙攣《けいれん》する内襞をこねるように、最奥まで入れたまま突き上げる。抜くことなく、深い腰遣いでいいところを突かれ、ユキは誉の腹に手を添えて啼いた。

「あ、いいの……っ、そこ、いい……っ、いいのくる、きちゃう……っ」

ぎゅっと中を締めつけて、背筋をそらす。その尻から、しゅるんっと長い尻尾が飛び出した。ついでに、頭にも猫耳が飛び出ている。これらはユキが深い快感を得ているしるしだ。ついうれしくなり、手を伸ばす。ユキが体をよじってよけようとする。

「あっ、あ、あああ、ヤダ……ッ、やだ、しっぽ、さわらないで……っ」

「だが、いいんだろう？」

猫の尻尾は脊椎《せきつい》に直結し、神経が集まっている、デリケートな箇所だ。普段から触られるのをいやがる猫は多い。だが、セックスの中でそうっと愛撫《あいぶ》してやればたまらなくいいらしいと、最近気づいた。

恋人をコスプレさせて喜ぶ気質はなかったのだが、ユキの猫耳と尻尾には、頭が沸きそうなほど興奮する。尻尾の付け根をぎゅっと押し込み、突き上げた性器にこすりつけるようにしてやると、ユキは二度目の絶頂を迎えた。

「あああ……！」

「……っ」

肉襞がみだらにうねり、オスの射精をうながしてくる。

「出すぞ……っ」

「きて……、かけて……っ」

みだらにねだる声に逆らわず、最奥へ突き込んだ。白濁を注ぎ込む。

「あ……、あ……、出てる……」

まだ腰を揺らめかせながら、下腹を押さえ、おぼつかなげな声でそんなことを言うからたまらない。子種を塗り込むようにしながら出し切った。

ユキが倒れ込むように抱きついてくる。

「誉さんの、赤ちゃんできちゃいそう」

くふくふとしあわせそうにユキが笑う。冗談だとわかる明るい口調だったので、誉もまたほほ笑んで、ユキの細い腰を撫でた。

「おまえたちだけでじゅうぶんだが、できるならできてもいい。猫の子でも、人の子でも、かわいいだろう」

するといユキは誉の胸の上で顔を上げ、いたずらっぽく瞳を輝かせた。

「いいの？　そんなこと言っちゃって。猫が人間になるんだから、オレが子猫産んでもおかしくないよ？」

猫の虹彩がきらめいた。

あとがき

こんにちは。このたびは拙作をお手にとってくださいましてありがとうございます。

今作は拙作初のモフモフ本になりました！　モフモフがこれだけメジャーなＢＬジャンルにいながら、なぜ今まで一作も書かなかったのか、私自身にも謎です。というくらい、ナチュラルに生まれてきたユキにゃんでした。けなげで頑張り屋さんのユキですが、これからは誉さんがめちゃめちゃ幸せにしてくれると信じています。


さて、今作の挿画は、佐倉ハイジ先生が描いてくださいました。キャラ設定も表紙も、たくさん案を出してくださって、一枚を選ぶのがうれしくももったいなかったです。できれば全部読者様に見ていただきたい……！

あと、当初の挿画指定になかったにもかかわらず、佐倉先生がお気に入りのシーンを描いてくださいまして、それがもう、とってもかわいくて……。担当さんもわたしも萌え殺された結果、めでたく本編の挿画になりました。門をくぐって、ポンッと裸の人型になってしまうユキのシーンです。滅多にないことですので、とてもとてもうれしかったです。佐倉先生、本当にありがとうございました！

今作も私の書きたいように書かせてくださった担当様はじめ二見書房編集部の皆様、また、本作を読者様にお届けするまでご尽力くださいます皆様にも、深く御礼申し上げます。ことにお猫様とお暮らしの担当様には、いつにもましてご協力いただき、ありがとうございました。とても心強かったです。担当様とお猫様の幸せな暮らしをお祈りいたしております。

最後になりましたが、拙作を読んでくださいました読者の皆様に、心の底から、ありがとうございます！　小さな家族と暮らしていらっしゃる方にも、いつかお迎えしたいなぁとお考えの皆様にも、実際に飼うかどうかはともかくモフモフは好きよという方にも、楽しんでいただけますよう願っております。

令和二年二月

夕映月子

夕映月子先生、佐倉ハイジ先生へのお便り、
本作品に関するご意見、ご感想などは
〒101-8405
東京都千代田区神田三崎町2-18-11
二見書房　シャレード文庫
「おうちとごはんと愛をください」係まで。

本作品は書き下ろしです

CHARADE BUNKO

おうちとごはんと愛《あい》をください

【著者】夕映月子《ゆえつきこ》

【発行所】株式会社二見書房
東京都千代田区神田三崎町2-18-11
電話　03(3515)2311［営業］
　　　03(3515)2314［編集］
振替　00170-4-2639
【印刷】株式会社 堀内印刷所
【製本】株式会社 村上製本所

落丁・乱丁本はお取り替えいたします。
定価は、カバーに表示してあります。

ISBN978-4-576-20026-2

https://charade.futami.co.jp/